启

雪漠 著

見信如面

莎尔娃蒂的情书

中国大百科全书出版社

图书在版编目（CIP）数据

见信如面/ 雪漠著. —北京：中国大百科全书出版社，2017.8

ISBN 978-7-5202-0152-0

Ⅰ. ①见… Ⅱ. ①雪… Ⅲ. ①书信集－中国－当代
Ⅳ. ①I267. 5

中国版本图书馆CIP数据核字（2017）第197647号

出 版 人　刘国辉
责任编辑　李默耘　姚常龄
责任印制　魏　婷
装帧设计　李　洁

出版发行　中国大百科全书出版社
地　　址　北京阜成门北大街 17 号
邮　　编　100037
网　　址　http://www.ecph.com.cn
电　　话　010-88390603
印　　刷　天津顾彩印刷有限公司
开　　本　880 毫米 ×1230 毫米　1/32
字　　数　70千字
印　　张　8.375
版　　次　2021 年 1 月第 3 次印刷
定　　价　39.00 元

目录

黄昏总算把风骚了一整天的太阳赶下山去了，地面上顿时凉爽起来。我伫立在熟悉的望夫崖上，向你的住处展望……

念起

莎尔娃蒂
致琼波浪觉

黄昏总算把风骚了一整天的太阳赶下山去了，地面上顿时凉爽起来。我伫立在熟悉的望夫崖上，向你的住处展望……

很长时间没这样耐心地等待了，但我又为谁而等待呢？是盼望那爽风再一次扑怀而入呢，还是等待那黄昏的柔情将我的影子拉得好长好长？我的眼眸只有在这样如水的黄昏才会等待，我等待你的出现。有时，你也会出现在黄昏的余晖里，你在背诵那些梵文单词。但更多的时候，我见不到我想见的你。

远处的行人由远而近，又影子般飘过。不知是那双熟悉的眼睛欺诳我的心，还是我的心冷落了熟悉的眼睛？

祸兮？福兮？滚滚红尘是谁在宿命里安排，纵然站成一道风，我也无悔。难道我等待的是一场梦吗？是不是还要在等待里寂寞一生？暮色降临，我在寂寞里等待着。

天黑了，起风了，你终于没有出现。

琼，我的太阳，离开你，心中一片茫然，自己似乎又成了风中的柳絮。望着那渐渐消失在人流中的熟悉的背影，真想用尽所有的力量深情地呼唤。我实在忍不住那份无法说出的悲伤和落寞。

不知道于今的你，是否仍有那寻觅的心？是否仍那样在梦里疲惫？是否仍在深夜里叹息？是否仍能看到那等候的女子？

每当想到你的寻觅，心就有点失落。我想太阳终究会离我而去。阳光灿烂的日子，定然会渐渐远去。

今生注定要孤独了，独来独往无人相陪。从一场香甜香甜的旅途睡梦中醒来，竟然就要说再会，我们又要各走各的路了。这是多么叫人难受的事。

我坐在静室里，关上屋门，心上陡然多了一道栅栏。你的心在那边忙碌，我的眼泪在这边打转。心在痛，感觉怎么也说不清，不忍心再看你一眼，怕你熟悉的身影会刺得我满心伤痛。

我的幸福太短暂了，早知道有这样的别离，想当初还是莫要相逢好。那时节，我已认命了，已打定主意独居一生。可谁叫你出现呢？你是个注定要寻觅的人。爱上你，就像爱上了一阵风。我的天从此灰蒙了，所有的相思总是在翻江倒海，我怎样收拾这样残败的心绪呢？老像走在云里雾里，老像是活在梦里，不知道自己将走向何方。也许失去爱的人就是这样，心头永远是落寞和凄凉。

唉，你去吧！最好再别回来。

等了一晚，泪流了一晚，你却一直没有出现。心好沉，好累。

不知为什么，突然间多了许多让我无法名状的东西。我也许做错了啥事，竟变得浑浊不堪了。也许，在你眼里，我不过是一本读透的书，才使你如此地逃避我、厌烦我。我委屈极了，泪流在心里，荡漾着一种说不出的痛。我觉得自己的命很苦。我的自信整个地崩塌了……

相思使人老，不要相逢好。我为何不是个真正无情的女神？为何总要想像别人一样相守？是舍？是留？皆牵了愁。舍，谁能再为我弹一曲妙音？留，谁又能为我的爱做出担保？

你活得太苦太累，为了那一份寻觅，你不辞辛劳，四处奔波，却从不想想自己有多苦。你为什么不想想，该如何为自己好好活一次？

心情很烦乱，这聚聚散散的人生戏场真让人觉得无聊。要是没有你，这小院会让我失望，会让我陌生，留在心头的，只有相聚时那温馨的一缕情。只有那一段说说笑笑、打打闹闹的日子还停留在岁月深处……

当你去外面参学时，整个小院只剩下了我，一切太静了，又被艳阳照射着，于是就常去那个女神庙。那是个很美的所在，在那儿，我度过了最美的少女时代。那儿有很多人，有上香的，有祈祷的，有顶礼的，纷纷繁繁。我就静静地坐在一棵树下。那老树绿荫如盖，又临着碧波水塘，我很喜欢。心情显得很涩，想到你终究会离去，怎不让我感到茫然。我先是看那深深的随风而动的碧水，心就慢慢低沉了，后又抬眼望那午后飘逸的云彩，渐渐想起童年做过的成仙的梦来，心又进入无边的遐想中了。这时我最大的愿望，就是想叫那个令人又恼又爱的你陪我来这儿坐一会儿，但明知道，一切都是不着边际的奢望。

近来夏日的黄昏总是要落点儿雨。每逢黄昏，看那天气渐渐地清凉了些，雨点的脚步就要赶回来了，我就慢慢地走回到家里来。刚走进小巷，雨丝儿已落了下来。不久，你们也会回家。你们很热闹，但我总是寂寞的，就一个人回到屋子，轻轻关上了门。

半夜醒来，心头缠绕着千丝万缕的相思。突然记起今天是你来学习的日子。虽然你跟你的伙伴住得不远，但才过了三天，我却似煎熬了千年。

你就要回来了，在这个下午。虽然我不能与你单独会面，但我已幸福万分。你回来了，我的眼睛就能穿透所有的墙壁，看到微笑的你；你回来了，我的耳旁就会息灭所有的嘈杂声，心就如湖水般清澈平静；你回来了，空气中就会飘荡你熟悉的气味，我也不再感到孤独。

我快要坐化成惆怅的无名鸟了，你才回来。你可知道，我日日站在黄昏的夕阳中放飞那灵鸽，它虽然带不来你的讯息，但它总能很近地望你一眼——它想来跟你有缘，无论你走到哪儿，它总是能寻觅得到。传说中的某个古代英雄的一生中，老是有一只鹰跟定了他。你的生命里，跟定你的，就是这灵鸽。它虽然是我从一位婆罗门那儿买来的，但我想，它其实也属于你。我发现，你跟它的缘，比我跟它的缘还要深。每次见到它，我的心中就会卷起一阵阵甜晕。

不过，你也许真是不解风情的。你也许根本想不到，我会在这青春的驿站驻足，浏览你这曲高和寡的风景。

我想，等我们老了，太阳仍然会很红。年轻时相遇过的那缕清风仍在爽爽快快地流浪，但我们不会因为自己逝去的华年而伤心。牵手到老——与自己至死不渝的爱人，这在人间最美不过，你说对吗？

那时，我们在夕阳映照的小路上散步，相亲相爱，你看着我失去玫瑰色充满皱纹的容颜，我望着你满头的银丝、深情的双眼，岁月长长，我们刻骨铭心的爱情不变。在我快要合上眼、离开世界的最后一刹那，我的心中、眼前晃动的，还会是你温馨的笑脸……

年轻时相遇过的那缕清风仍在爽爽快快地流浪，但我们不会因为自己逝去的华年而伤心。

总想在一个风雨潇潇的
黄昏，走近人影罕至的蒲团。

致莎尔娃蒂

总以为

那张相聚的场景

已到发黄的季节

那段销魂的风缘

该成褪色的记忆

总想搅乱命运的密码

总想打碎百世的寻觅
总想使迷醉的心宁静
总想叫扰人的温馨死去

总以为
翠竹开花的时辰便是它生命的结束
耀目的电光终会成黑色的死寂
总怕煮鹤焚琴的故事上演
总怕大漠的月儿碎裂成搅天的淫雨
总想锁住那远逝的岁月
总想碾碎无常的光顾

总想叫命运的邂逅缘结为永恒
总想叫惊人的美丽定格成奇迹
总想那西子湖畔风流了千年的苏小小
总想说永恒的别名便是死去
总在拷问灵魂
总想品尝毒蛊

总想在一个风雨潇潇的黄昏

走近人影罕至的蒲团
总想踩碎残月下的晓霜
印出浪迹天涯的孤独

于是我总在演化故事
一千个故事里
有一千个你
一千个你里
有一千件叫人伤心的往事
万千风云
集结成一个“断”字

总以为七月流火的后面必然是清冷的雨季
总以为生命燃烧之后必定是灰色的记忆
总以为凄然转身便有新的足迹
总以为斩落莲胎不再有纠结的藕丝
总以为桃花岛上的女子早已死去
总以为雪山下的笑声已经消逝
总以为千古风流终将冷落
总以为命运的清唱复归沉寂

总以为心中的倩影已化虚空
总以为来生的相约已成往事

怕只怕孤寂的梦里上演心事
怕只怕深陷的沧桑纹泄露秘密
怕只怕晓风残露里的孤影
怕只怕无月的夜里独步
怕只怕邂逅相遇的秋波
怕只怕梦醒时分的叹息
怕只怕千年的瑶琴只由在空谷轻抚
怕只怕生命不再有意义
怕只怕心头的孤坟
谈笑的僵尸

每每在痴呆里晶出你的容颜
每每在无月的梦里有你
每每把男儿的刚烈化为寸断的柔肠
每每在笑声里哭泣
千万次挥手
斩不断痛苦的纠缠

千万次顿足

惊不去怅惘的结集

千万次诅咒

又千万次寻觅

不争气的失神的眼睛

总在出卖

那灵魂里包裹了千层的秘密……

你为什么要走？

因为，走是我的宿命。

要是我现在不走，就可能永远走不了啦。

告别

无论琼波浪觉经历了怎样的灵魂折磨，他还是将自己的决定告诉了莎尔娃蒂。他告诉他的命运选择，说他虽然写了保证书答应要娶她，但那是被逼的。如果她愿意，就放他远行吧。如果她要他守那个女神庙的城下之盟，他也会跟她结婚，但他定然会痛苦一辈子的。

莎尔娃蒂很是痛苦。

在我沧桑的记忆里，当时的琼波浪觉和莎尔娃蒂，有过这样一个对话——

你真要走吗?

是的。

你为什么要走?

因为，走是我的宿命。要是我现在不走，就可能永远走不了啦。

为什么?

因为现在我还能记着我的宿命。当我在这儿待上一年后，那宿命的印迹就淡了。待上两年，那印迹就更淡了。当我待上三年，那印迹就若有若无了。当更长的时光流水冲刷之后，我就再也记不起我的宿命。

真那么可怕吗?

是的。世上有许许多多可能伟大的人，他们都有着自己的宿命，但就是在那种警觉消失之后，他们终于忘记了自己的本来，成了一个混世虫。

也许，你说得对。我在当女神的时候，觉得自己真的是一个女神。现在，我只是一个害相思的女子。仅仅过了五年，我已忘记了当女神时的许多东西。

说真的，现在，你已经开始占领我的心了。要是我继续待下去，那个叫奶格玛的女子会渐渐退出我的心灵，会有另一个人完全地占据我。她也许叫莎尔娃蒂，也许叫别的名字，它们只是一个个符号。但奶格玛不是符号，她是我活着的理由，而别的女子，只能参与我活的过程。因为奶格玛代表的，是一种形而上的追求，而别的女子，则是一种形而下的生存。

那你为啥不将别的女子当成那种形而上的追求呢?

因为，她们承载着不同的精神。奶格玛代表着出世间的利众精神，别的女子则代表世间法的某种规则。

所以，你才要离去?

是的。趁着我还清醒的时候，就强迫自己离开那种可能叫我失去记忆的环境吧。环境对人的影响，你比我更清楚。在女神庙时，你就是女神，跟我在一起时，你仅仅是个害相思的女子。你遇到什么样的环境，就可能有什么样的心。

这倒是真的。

你可能不知道我父亲的故事。很小的时候，他就想效法那些古代的大德，去印度求法。但后来，他一直没有去。因为他一直能找到不去的理由。因为任何人只要想找理由，他总能找到任何理由的。世上所有的理由，都是在你需要它的时候出现的。它的本质是欺骗你自己。父亲也这样一次次用那理由欺骗着他。他一天天长大了，理由也一天天多了。到了某一天，他发现自己当初的那种想法真是太幼稚了。于是，他心甘情愿地当了本波的法主。再后来，当我有了他小时候的那种追求时，他竟然想阻止我。因为在他的眼中，我的那种想法，是幼稚的标志。就这样，父亲日渐成熟的世故，终于杀死了他的梦想。

他一直没能走出来?

是的。最早的时候，他觉得自己没有力量走出来。于是他想，等我有了力量就走出来。其实，他不知道，真正地走出来，根本不需要力量，只需要一颗坚决地走出来的心。那颗心是世上最强大的力量。父亲却一直在积累着自己以为必需的力量。后来，他终于有了那种机会和力量，但他却没有走出去的心了。在父亲临死前的一天，他忽然记起了自己的梦想，他悄悄告诉我他的遗憾。他说要是有下辈子，他会实现他的梦想的。我很想说，下辈子，你仍然会有无数阻挡你的理由，你仍会不想放弃唾手可得的安逸，你仍然会惧怕陌生，仍然会有无数庸碌屠杀你的梦想。虽然他临终时的发愿和遗憾，会以轮回的形式，出现在他的一个生命体上——在父亲的下一个童年里，那梦想仍会出现，但世故的环境仍然会腐蚀他前世的梦想，并腌透他天才的童心。要是没有那“能断”的智慧之剑，父亲仍会世世代代地遗憾下去，成为另一种可怕的轮回。所以，我得守护着我的心，不要叫它日渐世故。

你是啥时候打定主意的?

就是在你父亲将我当成儿子的那时。那时，我忽然发现，我一下子拥有了许多东西，有了地位，有了产业，有了妹妹或是妻子，也有了许许多多想不到的温馨。我忽然发现，命运已经安排好了一切，不需要我再付出多少努力了。因为无论我如何消费，也花费不了那么多的财物。但同时，我发现我有了一种责任，它限制了我的很多自由。生活很公平，它在赐予你许多东西的时候，总要从你的生命里索取相当价值的东西，比如自由，比如追求，比如梦想。那时，我就想，我该走了。

为了你的梦想?

是的。为了我的那个梦。

好的。我理解你了。你走吧。你别再管你的所谓签约。被迫订下的所谓保证和契约，你不必遵守它。你别管他们，我去说服他们。不过，我知道，更香多杰的嗔恨心和执著都很重。他定然很看重你的签约，他会觉得你欺骗了他们。他定然会报复的。我虽然不知道他报复的方式，但你要善加提防。我会尽量消除他的嗔恨心，不过，你要知道，女神一旦退位，就跟当地所有的女儿差不了太多，是没啥地位的。我不知道我的劝说，能起多少作用，我想请我的父亲也说服他们，试试看。我们尽力吧。

她又说，你走后，我会一直等待下去。你要答应我，找到你的寻觅后，一定要来找我。你要将你现在的约，推迟到你找到梦想之后来践。以前，我也有我的梦。很小的时候，我就想当女神。后来，我当了女神。我当了女神的时候，发现自己虽然有女神的形貌，但我并不是女神，因为我没有明白。即使在我给那么多的人指点迷津的时候，我也没有明白。那时我想，我一定要当真正的女神。我要寻找生命的真相，我要窥破生死的秘密。我要洞悉真理。我要建立一种岁月毁不掉的价值。

我要寻找生命的真相，我要窥破生死的秘密。我要洞悉真理。我要建立一种岁月毁不掉的价值。

这也是你的梦想。

是的。当我走出神庙的时候，我的心是灰色的。因为我的女神梦破灭了。我由凡人成为女神，再由女神复归于凡人。虽然我拥有了数不清的财物，但我并不幸福。而且我发现，即使在我当女神的时候，我也不幸福。那时，我就想，世上是不是真的有一种甘露，喝了能叫人明白，能叫人忘忧，能叫人得到究竟的幸福?

我寻找奶格玛，也就是想找到这种东西。

我不知道你能不能在奶格玛那儿找到它。但寻找的过程本身，就是幸福的。也许，那寻找的过程，便是那甘露本身。

你说得对。那我们各自去寻找吧，当你找到那种东西时，一定要告诉我。我也一样。

莎尔娃蒂说，不，我不会再寻觅了。寻找是我以前的梦想。现在，我的梦想变了。我的梦想就是等你。我已经找到了能让我幸福的甘露，那便是对你的爱。我不再去找任何真理了。我发现，当我想你爱你的时候，我真的是很幸福的。那幸福，远远超过了我当女神时的一切。我想没有比它更令自己幸福的甘露了。我只想守候它。我相信，我的守候便是我的幸福。我会等你的。我会在余下的时光里，等待你的到来。我不要超越，不要破执。我只要你。只要对你的那份守候和允诺。

有了它的陪伴，我就不再需要任何东西。

我理解你。爱也成了你的梦想。

不过，我有个请求，你带上那灵鸽，让它成为你我的桥梁。就让它经常给你带去我的信好吗？你可以回那信，也可以不回。我只是想让你知道我的心。

好的。

我给你的信，不一定是你喜欢的内容。我可能爱你，可能骂你，可能怨你，可能有我想说的一切。你别管它的内容。你只管当成一个女子爱的真心即可。我不想掩饰，我只想像人们向梵天祈祷那样说出自己想说的话。

好的。我也期待着你的信。除了我的寻觅之外，我最在乎的，其实还是一个女子的真心。

我为啥不叫你解除那约定，而只将它推迟到找到你的寻觅之后？原因是希望你答应我：等你真的找到了奶格玛，求到那密法之后，一定要来找我，好吗？我知道，修密法是需要明妃的。等你的证量达到双修层次之后，就让我做你的明妃好吗？我告诉你，我不是女神，我只是一个女子。我向往爱情。在你达到能够双修的证量之前，我的修炼只是我的等待。你别管我的爱是不是圣洁，我只想告诉你，我的爱是真的，而且我愿意守候这份世俗的爱。我甚至不想升华它。请你允许我对你有一份世俗的爱，允许我对你嬉笑怒骂，允许我对你的相思和埋怨，允许我有平常女子对一个爱人的所有心思和念想。你千万别笑我。我其实不想超越。我只想跟我的爱人，静静地待在一个世界找不到的地方，相视一笑，无欲无求。我希望自己能实现这一梦想，我希望在我的生命中真的出现这样一种爱。若是它不能出现的话，我就用我的梦来演绎这份爱吧。

好的。

你只要记得，在你的生命里，有一个女子正等着你，等着你的归来。她日夜经历着相思之苦。那是她自愿的，也是她的一种修行方式。她这样修行的所有目的，就是为了见到你。她最怕的是，要是自己不这样修行的话，她可能会在一种非常疲惫的状态下，放弃这份爱。为了这份爱，我甚至不愿进行传统意义上的修行，我怕修行有成后的超然会消解我对你的爱。不，我不要那样。我只要这份爱。我只想守候这份爱。我要守候着当你的明妃。需要告诉你的是，无论你眼中的我是不是明妃，但我的所有愿望仅仅是想做你的女人。你叫明妃也成，你叫空行母也成，你叫侍者或是女儿也成。我都不在乎，因为在我的内心深处，我只是你的女人。你不要戳破我的梦好吗?

好的。

只希望你能守住你的承诺，在找到你的宿命之后来找我，我会放下一切，跟你而去。我愿意跟你走天涯，或是住山洞。我愿做你的仆人、丫头或是你需要的所有角色。我只希望能黏在你的生命里，成为你摆脱不了的呼吸。

琼波浪觉一脸泪花。他说，在那个分手的瞬间，他甚至想到了对寻觅的放弃，但莎尔娃蒂摇摇头。她说，虽然你的寻觅让我难受，但我最爱的，其实也是你的这颗寻觅之心。你要是放弃了寻觅，你就不是你了。我虽然有颗女儿心，但我的血液里还有女神的基因。你只要守护你的誓约，在找到你的目的之后来找我，我便心安了。

两人击掌明誓。

后来，莎尔娃蒂一直给琼波浪觉写信，那些感人肺腑的信件都以空行文字保存了下来。

每次，当我打破二元对立进入光明境里，只要我想看，都可以看到那些文字。

在静的极致里，每当我看到那些文字时，我的心都会一阵阵抽疼。

不过，我还是理解并欣赏琼波浪觉，正是有了他的这一选择，千年后才有了另一番风景。他寻觅到的智慧之火，才会在我的生命时空中燎原开来，成为岁月抹不去的人文景观。要是他放弃了寻觅，古印度不过多一个庸人，世界却会少无数成就师。

琼波浪觉告别莎尔娃蒂的场面很感人。在我的印象里，那是个秋天的黄昏，天有些凉了。当然，这秋天，不一定是自然的秋天，也许是心灵的秋天。琼波浪觉确实感到了一种肃杀之气。那杀气的由来便是他对无常的感悟。他觉得离开家乡已经许久了，虽然也求到了一些法，但他还是没有打听到奶格玛的音信。

琼波浪觉除了自己寻觅外，还托人打听，但奶格玛仍然停留在传说阶段。许多人都听说过奶格玛，但他们也仅仅是听说而已。虽然没人会怀疑奶格玛的真实存在——他们都坚信这世上有个奶格玛——但那个存在却很遥远，遥远到成为一个梦了。

据说，琼波浪觉身上，最叫莎尔娃蒂感动的，也是对奶格玛的寻觅。那些授记，在世俗的人看来，也仅仅是个说法而已，跟所有的传说一样，说法仅仅是个说法。琼波浪觉却是为了那个说法离开家乡的，他等于在追逐自己的一个梦。而且，为了那个梦，他已经舍弃了很多。他舍弃了法主的地位，舍弃了亲情和温馨，舍弃了家乡，现在，又舍弃了深爱他的

天空飘着雨，伞
无法隔断绵绵的细雨
和我的心情。

莎尔娃蒂。

虽然他的舍弃中还有着许多期待，但在世俗的外相上，他确实舍弃了许多看得见的东西。

九百多年之后，在某个极静的时刻，我的心里也涌出了一首歌：

挥挥手，

告别那邂逅，

因为有遥远的路要走。

有心背负了它，

可又太沉，

怕只怕，

轻装的我，

再也没有了嘹亮的声音……

琼波浪觉走的那晚，莎尔娃蒂写下了这样的文字：

太阳头也不回地走了，憔悴的影子牵动了风的眼睛。天空飘着雨，伞无法隔断绵绵的细雨和我的心情。

在蒙蒙的雨雾里，我茫然地伫立雨巷，风吹得心颤抖。我知道，太阳走了。

太阳终于走了，在这个飘雨的黄昏，浓浓的悲凉引来肆无忌惮的风和满眼的无奈。

我不敢触摸往事。

心却一次次说冷，太阳走了。

茫茫的夜色一点一滴地淹没了你远去的身影。我立在巷口，不敢回望来时的路。至爱走了，我这如沧桑雨雪的至爱啊，总是悄然而来，又悄然而去，只留下无怨无悔的爱意让我激动不已。我多想化成一袭黑色的闪电，云追上他匆匆远去的足迹。明朝的岁月没有定下约期，相离的日子里太阳会不会升起？

心中一片茫然，自己又成了风中的柳絮。真想用尽所有的力量深情呼唤，可我还是忍住了那份无法说出的悲伤……总觉得，太阳已离我而去。

阳光灿烂的日子，已渐渐远去……

见信如面

JIANXIN RUMIAN

手挥情弦

我老是在幻想中

跟你说别离。

第壹封

琼：

这是我第一次给你写信，本来我不想说一些不高兴的话题，但因为我总是担心你的安全，还是告诉你一些事情为好。

库玛丽告诉我，更香多杰们开始了对你的诅咒。在乌鸦节那天，他们点燃了诛法祭坛的火。那天，白脖子乌鸦铺天盖地，四处乱叫，它们在祭坛上空盘旋不停，啼叫不已。家家户户都在早餐之前用树叶缝了碟子，装上炒米，供养那些地狱的使者。

乌鸦节之后是狗节和牛节，我给狗和牛喂了好食，在它们的额头上点了吉祥痣。我按照习俗五体投地地匍匐在牛腹下面，我祈祷的内容便是希望你平安，不要中了他们的诅咒。但令我感到奇怪的是，敬山节那天，我刚在院里用牛粪堆了小山，插上树枝，放上糕点、青草和水果，正要燃灯焚香，为你祷告时，却见乌鸦黑夜般袭了来。它们的翅膀扇灭了灯，它们哄抢那些供品，粪便洒满了院落。

按诅咒士们的说法，这意味着他们的诅咒有了感应。

我很是为你担心。

到了姐弟节那天，更香多杰来到我家。以前，他生过重病，阎罗王亲自来抓他——当然，你可以当成一个故事来听——那天，我确实看到了一个奇怪的人，长得很像传说中的阎罗王。要知道，我当女神时，确实能看到一些别人看不到的东西。我一边款待阎罗，一边按我们的习俗，为更香多杰举行送行仪式。我一边向梵天祈祷，一边唱着歌，为更香多杰点红、戴花环、点灯、敬青果。我在拖延时间。要知道，阎罗王抓人也有自己的时辰——魔鬼总是见不得阳光的。就这样，我帮更香多杰熬过了那可怕的时辰，救了他的命。

按姐弟节的习俗，我在更香多杰的周围布了油灯，洒了圣水，摆了核桃——愿他像核桃一样结实；供了鲜花——愿他像鲜花一样美好。我为他点了吉祥痣，希望他放弃对你的诅咒。但他告诉我，虽然他也在诅咒，但最想诅咒你的，并不是他。除了你在女神庙出事那天见的人之外，还有几位藏人也来找过他，跟着一起修诛法。库玛丽告诉我，那些藏人跟班马朗很熟。

我知道更香多杰的天性，他的报复心很重。我不知道他会不会听我的话，就算他能听我的，那些藏人也一定还会继续诅咒下去的。

所以我提醒你，一定要注意安全。我甚至害怕，除了诅咒之外，他们会不会做一些更下作的事？你一定要提防。

你一定要观想防护轮——我当女神时，就这样教那些着了恶鬼的人。你无论在行住坐卧中，都要观想你的四周布满了金刚杵，密不透风，上面布满烈火。当然，这是常识，你定然也知道，但我还是想强调一次。

此外，我还想告诉你，我真的很想你。

自遇到你之后，我愿清空我所有的生命，迎接你的进入。所以，能减的我都减了。我也希望你能删去一些让你感觉沉重的东西，包括这封信。只要你看过了，你就撕了它，让它永远消失在风中。能和你在一起，我满心欢喜，甜蜜极了，自然不怕那些流言。但是，你的肩头已承担了太重的责任。我老是想到你背上的那些经书，它们何尝不是压在你心头呢？我实在不忍，不忍再在你心上添加哪怕一页纸片的分量。

只有在面对你的时候，我才有那么多的话要说。那些话都是自个儿从心里流出的。如果没有你的爱，生命的长短对我而言意义是不大的，我没有什么大目标。遇见你，我就遇到了这世上最值得我爱的人，再无遗憾，再也无求。我的所谓努力，便是祈祷梵天，赐予我更多的时间与空间，和你在一起。除了祈祷，我最愿意做的事，就是给你写信。除此再无表达的欲望。虽然父亲还有些弟子也常来家中，但渐渐也无话可说了。

昨夜，梦见你行走在跋涉的路上，我心痛难抑。你的言行心思总活在梦中，这是最让我开心的事。我给你路上准备的那些食物，你还是早点吃完，省得坏了。我后悔没多炒些干的面食，让你慢慢地品尝它，等于也在品尝我。以前，我错把计划当作目标，以后不会了。我的计划里，只有等待。

以前，我一直摆脱不了浓重的漂泊感与沧桑感。行走人世，无处落脚。现在终于有了真正的归宿，它就在你我的心中。希望以后你想到我，心里也能多一个暖心的归宿。我不是女神，我只是一个普通不过的女子，并没你期待的那么好。

诸多变故催人速老，絮絮叨叨得很。

闲时，你还是多想想那个在你的生命里伫立等候的小女子吧。

走你的路，不必回信。我听得懂你的沉默。

你放心，我会替你照顾好自己的。莎尔娃蒂是你的，不是我的。

别笑我没出息好吗?

莎尔娃蒂

回信

无

走你的路，不必回信。我听得懂你的沉默。

第贰封

琼：

你可好？

库玛丽又告诉我一个消息，除了祭火之外，那些人又对你行施了一种恶咒。他们捏了一个泥人，很像你，上面刻了你的名字，然后放在火中，边煅烧，边诅咒。他们已这样煅烧诅咒了七天，那泥人已成陶人了。他们用铁链拴住陶人的脚，又在黑布上写了“断命”“碎心”“裂体”等咒语，用妓女的经血涂抹那些咒布——真恶心，也真难为了他们。他们又将你的头发和指甲——我不知道是不是班马朗提供的——包在陶人上，用那些咒布缠了，再抹上妓女的经血，诵恶咒。

说真的，虽然父亲说你是百毒不侵的瑜伽士，我还是为你担心。听库玛丽说，这次施法的，是一个他们请来的黑咒法师。据说他的咒法，从来没有失灵过。

按那咒士的说法，他的咒法应验的期限一般是三个月，或是十三个月，最迟三年。被诅咒者无不暴死，他从来没有失过手。

你是否按我上封信说的那样观想了火帐？

写此信前，我刚打扫完房间，把两张供桌换了位置，也供上了玛哈嘎拉。我每天都会祈祷，请他保护你。以前，那儿只供梵天、大黑天和毗湿奴，现在，他们变成了从属的位置。我的正堂里，供上了释迦牟尼和你的那些密宗唐卡。对于一个退位的女神，这种变化也许有一定的象征意义吧？

我还在供桌旁挪出了一角，摆了那张你以前用于抄经的小桌。这样，我的房间看起来就像是两个人的工作室——可惜你不在呢。等下个月稍稍消闲些，我再将你丢下的那些旧衣服统统清洗、晾干，等你回来穿上的时候，一定还闻得出那种名贵的熏香味。

也没什么事，无话可说了。但总得写信，就像每天总得洗脸、刷牙、吃饭。

父亲老是外出，去传他的法，去交他的朋友，去带他的弟子。母亲的面瘫还没好，嘴角歪向一边，她大概觉得丑，怕丢人，就安顿我做些事，自己到乡下去了。一个月前，她曾吃过药，但没什么效果，后来她去老家找了一位祖传神医，前天回来，我看嘴歪还是老样子，白头发倒多了一层。我怀疑是她在你走后的唠叨惹怒了护法神，我叫她忏悔，她当然不会听我的话。我俩的话越来越少，经常只有几个字，找来找去也找不出什么话。

你走后，我很难受。万念俱灰，了无生趣。每次都这样。我写不下去了，时不时就泣不成声。

——如果没有你，明白了又怎么样？诵万遍《金刚经》积得齐天洪福，但没有你，那又怎么样？

也许真是我太贪心了，想将太阳装进自家的衣袋里呢！

我知道，“情”字的强大，让你成为行脚的瑜伽士，暂时没被古寺青灯牵走；对我来说，“情”字的强大，至真至纯，又意味着什么呢？

没有答案的追问，空劳牵挂；

没有答案的牵挂，空劳追问。

不过，你别牵挂我，我会慢慢好起来的，会一天比一天明白和平静。不过，要想快乐很难，因为你不在。

你留下的那几本书，我爱如至宝，一定会认真读它们……我怎么会嫌旧呢？旧东西有福，它陪你时间久啊，在我眼里，更像古董，是无价的。我甚至羡慕它们这么多年能一直默默留在你身边。

你放心，因为有爱，再苦的泪我都会当作甘露咽下去。

就让我殉琼波巴吧。我殉定了！

莎尔娃蒂

回信
无

没有答案的追问，空劳牵挂；没有答案的牵挂，空劳追问。

第叁封

琼：

昨天陪库玛丽聊了很久。她就是那个我从殉夫的火堆上救下的女子，以前你见过她。她很漂亮，也很忧郁。她跟她不爱的丈夫生活了三年，这期间又爱上了更香多杰。她丈夫害病死了，按规矩，她要殉夫的。人们把她架上火堆，我以女神的名义救下了她。

也许，正是由于更香多杰也爱她，我才能知道他们的那些勾当。

那些人仍在对写着你名字的陶人诵恶咒。他们每天诵四次咒，一次一个多时辰，诵一次，就在上面抹一遍妓女的经血。那经血，是他们到印度神庙买的，那儿有许多卖淫的神婢。库玛丽说，一次叫她去买经血，她从屠夫那里弄了一些狗血。她想用这种方式保护你。但后来，也许他们发现了啥，就亲自派可靠的人去神婢那里弄经血了。

库玛丽已从几年前的恐惧中渐渐挣脱出来了，渐渐走向了自立（不仅仅是经济上的，这也可见愚昧和贫困确实会扭曲人性），她可能会走向更为广阔的天地。我很欣慰，又少了一个让我不经意间时时揪心的女子。我的心太累了，因为我经常会被一些看似与我无关的人与事打动，久久不能忘怀。如果仅从地位上来看，我与她差距很大，但她对永恒真爱的渴望，对梦想的努力追求，与我相似，只是我们走的路不同。所以，我一直对她感到熟悉、亲切。她就像是另一个我。其实，从这个角度来说，我，她，我母亲，还有许许多多的不同姓名的女子，都是一样的。

很想你。昨晚半梦半醒的，我不由自主地靠向她，误以为是你。奇怪，我从来没有过这种举动，可见爱情的力量有多强大。

你改变我太多了。你对我实现了这一生最有力的挽救。以前，为了能当上女神，父亲和我的家族费尽了心机。后来，当女神时的许多经历其实也污染过我——毕竟，那么多的金银珠宝也是有力量的。我甚至用一些世俗的锁链来捆绑我的生命。比如，我喜欢无休止地沐浴洁身，我一整天地在院中采花碾成香泥，再配以朱砂和米粉，给所有来陪我玩的女子的印堂点上吉祥痣；再比如，我总是选择最美的耳环，一日里换许多次；我的鼻边嵌的宝石，也定然价值连城……以前，这些虚无渺茫的东西才是我的命，离开这些，我真的活不了，或者像行尸走肉一样了（写到这里，父亲找我了，他又来了客人）……

莎尔娃蒂

亲爱的莎尔娃蒂：

看了你的信，我很感动，又很难受。

我在观想着防护轮。近来倒是真的很疲惫，周身也很痛，时不时就会陷入梦魇，老是在恍惚中看到一些张牙舞爪的魔向我扑来。许多时候，也觉得自己的生命成了一根细线，老像是被两股力量扯着，老是感觉要断。

我不知道是不是别人诅咒的原因？

我管不了别人的诅咒。别人诅咒是别人的事，我只管做我的事。要是他们咒死了我，我也会马上转世，再来寻找奶格玛。在我眼中，生死只是一个幻觉，肉体不过是我演那幻戏时的着装而已。

我不在乎那些诅咒。我心中最在乎的，仍是你。

记得跟你在一起的时候，我多次惹你不开心。那时，我甚至真的希望你离开我，拥有你自己的生活。等待真的很苦，我实在不忍心再叫你受相思之苦了。我想气走你。我一次次地气你，我想你离开我之后，忍上一段时间，或许就好过了——这些天，我也被这种相思之苦煎熬着，它真不是人能受的。

可是，我没想到，当我差不多气跑你时，却觉得一切失去了意义。当我行走在呼啸着的河边时，真有种想跳入的冲动。我忽然明白，要是你选择离开我，我将堕入更大的痛苦之中，我会失去生趣。这时，我才明白，叫你离开我的想法，是多么傻呀。

可是，你也许不知道，跟你接触的这些天，我已经无法再控制自己的心了。它时不时就会挣脱我的羁绊，滚向一个我从来不曾预料的可怕的未知。这既源于我每天对你的那种视如本尊的专注观修，也源于你的真心在我心头引起的感动。以前，我一发现心中有了对红尘的牵挂时，就马上慧剑斩情丝。但没想到，这次，命运竟开了这么大的玩笑。它竟然会裹挟了我，将我裹向一个从来不曾到过的地方。我感到一种巨大的恐惧。那次，在你朝一位师兄微笑时，我竟想当然地吃醋了——对于一个发愿要利益众生的我，这种执著和自私是多么滑稽呀？我真的憎恶自己了。也明白，我在修证上尚需经过最难的一关：情关。但我明明知道，正是“情”的强大，才使我成了求索的瑜伽士。当然，我说的这“情”，是一种巨大的利众性。它成就了我的事业，在它的牵挂下，才有了我的寻找，而终于没叫青灯古佛裹了去。

你可能不知道，以前，我对女子是有成见的。我一见到女子，总会想到“女难”。班马朗老是谈那些双修的内容，我很吃惊他的博学，但我真的是不屑一顾的。在世事上，我总是信奉多一事不如少一事。跟你的交往，也见证了这话的正确。我想不到，爱上你，竟给我带来了如此大的相思之苦。数夜之间，我老了许多。

命运真是变了一个绝妙的戏法。我一下子手足无措了。

要知道，刚开始，我并不爱你。我虽然很喜欢你，但你还远远没到叫我神魂颠倒的地步。在控制心上，我真的很优秀。某次，我跟班马朗辩论时惹恼了他，在他痛骂我之后，我倒头便睡并发出了酣畅的鼾声。我从来不在乎世界的。在雪域，有位女子曾脱光衣服勾引我，也没有打破我心的宁静。

所以，一开始，我就提醒你：千万别爱上我。你说不会的，我信了。我想，作为一个当过女神的人，定然有过人的驾驭“情”的能力。也幸好有你这句话，不然，我也许会逃之夭夭的。后来，我总是安慰自己说，她不会爱上我的。可怕的是，当我确证你爱上我时，我竟然发现自己也离不开你了。我太喜欢你了。

你的一切，总叫我喜欢，叫我迷醉。我将你当成了命运对我的最美的赐予而惊喜不已。我忘情地扑向了你。我怕出世间智慧会消解我的爱，开始了每天两个时辰的对你的观修训练。我想用我修成的定力来守候那份爱。

在许多个瞬间，我甚至将你当成了奶格玛。

但是，我渐渐发现，我没有办法排遣你的那种刻骨铭心的相思。我知道你啥时在想我。我总能感到从你那儿裹来的迷雾般的相思。每到这时，我的胸口也跟你一样，有了一块狰狞的怪石。它总是突兀地扎疼我。

我想，你老是这样的话，如何熬过这漫长的一生？要是我不能长久地跟你在一起，你会很痛苦的。我能理解你的痛苦。记得，在离开你家的那夜，我哭醒时，就被那相思咬出了满心的伤疤。甚至在那个梦里，我也不相信，我那么深爱的你竟然没跟我一同去寻觅。我在梦中四处寻找，可就是找不到你。那个夜里，我竟然哭醒了。醒来后，我发现同屋的人吃惊地望着我。我相信，你的痛苦定然跟那时的我一样。那种可怕的噎，定然比胸中塞了巨石还难受万分呢。

我真的不忍心叫你这样活着。

我曾有意无意地提醒过你，叫你慧剑斩情丝，可你总是把它当成我要逃跑的信号。不，我虽然舍不得你，可是你要知道，我怎么忍心叫你受这么大的痛苦呢？

智慧告诉我，你是个好女子，是真的值得用性命相交的。你身上，有许多叫我惊喜的东西。在生活的未知里，确实有一种神奇。我们的生命里，真的有一种说不清的东西。

拥有你之后，我很惊讶生活带给我的巨大幸福。但我没想到，它会给你带来那么大的痛苦。也没想到，离开你之后，等候你的信件，会成为我这段日子里最大的生命乐趣。可以说，这些天里，我所有的生命时空，除了寻觅之外，就是在等待那只灵鸽。我太想你了。当然，在读你的信时，那份巨大的痛苦也每每叫我喘不过气来。你感受到的所有痛苦，我同时也都在承受着。

在许多个瞬间里，我总是下定决心，说不要再折磨她了。我总是提醒自己：一狠心离开她，等她承受几个月后，也许会像以前那样习惯的——你不是同样习惯了女神生涯吗？真的，我老是这样想。要不是我自己心中也已离不开你，我也许早就逃跑了。我真的不忍心叫你这么痛苦。我不想叫你为我忍受这份地狱般的煎熬。

我老是在幻想中跟你说别离。在每次想到我跟你的绝交后，我真的感到轻松：她终于解脱了。我本来打算，要是你真的离开了我，我的朝圣之路，一定会解除我的痛苦。

可是，我没想到，当我真的打定主意想离开你时，我竟然被浓重的灰色笼罩了。整个世界一片灰色。独行在山间时，我竟然时时想跳下那悬崖。

我不知道，这是他们诅咒的力量，还是爱情的力量？

我甚至怀疑，那些人遣来的，是不是情魔？因为只有在用怀法时，才用得着那些妓女的经血。

要是这样的话，他们已达到了目的。我离不开你了。你已经可怕地融入了我的生命。那种失魂落魄的感觉，真的很要命！

后来，本打算离开你的我，在又一次见到那灵鸽时，竟禁不住流下了幸福的泪。

我想，也许有一天，你也会发现我的相思之苦，而不忍心再叫我痛苦，也会选择离开我。我想等我真的离开你之后，你也会忽然发现，我竟然也可怕地融入了你的生命。

那么，我们再也别远离对方的生命，好吗？

我答应你，在你身边时，我会好好待你。你不在身边时，我尽量做我命运中该做的事——可是，在分别之后，我多么希望听到你的声音呀！没有它的抚慰，我是熬不过那么多长夜的。因为，只有在看到你的信之后，我才会坚信，你还在爱我！

要知道，在每一次灵鸽来临前的漫长等待中，都会叫我产生“她有了新朋友”的可怕念想。我的眼前，马上就会出现那些足以叫我发疯的画面。

这时，你也许才能理解离别对我带来的巨大刺激。

最可怕的是，我得的那种病，只有在我不爱你的时候才会痊愈。

可是，要是我不爱你了，活着的我还算活着吗?

你也许发现了这封信的混乱，但这混乱，正代表了我今夜混乱的心情。在我的一生里，这份混乱，真的很稀罕。

看完了这封信，你也许会想，写这封信的，难道还是那个俨然是智者的琼波巴吗?

你说，这是不是也是那些诅咒导致的结果?

琼波巴写于凌晨

第肆封

亲爱的琼波巴：

忙碌了好长时间——父亲安排了很多事给我——又给你写信了。

今天库玛丽又来了。她说那些人整整念了七七四十九天黑经，这才是那黑咒术的第一步。他们取开了那陶人，在上面滴了黑脸屠夫的血，滴上黑脸孕妇的血、黑山羊的血和黑狗的血。听说黑色是死神的颜色，行使诛法都要用黑色。此外，他们还在到处找诛物，比如十字路口的土、铁匠铺里有碎铁屑的炭灰、一段上吊者用过的绳子、一把自刎者用过的刀、吃毒药而死的人用过的碗、射死过人的箭头，或是难产而死的女人骨头、头发和皮肤——这便是人们所说的血腥鬼，以及寡妇的内裤或是用过的月经纸、没见过阳光的暗泉水、活的黑蜘蛛、活的黑蝎子等等。他们把这些诛物，跟那陶人一起，塞入一个黑牦牛角中，用暴死的屠夫的头发塞住封了口，又开始念黑经。

我之所以详细地告诉你以上的内容，是因为我希望你也有相应的禳解之法。听说，要禳解的话，最好是知道对方下咒的内容。

你一定要小心，别忘了观想那防护轮。

我也开始寻找一些高人。我想，这世上，有诅咒者，就定然会有禳解者。世上的规律是一物降一物。你说是吗？

仍是想你。

现在已是深夜。刚才我看了你留下的那些书，忽然有了很强的陌生感，不仅是对你，对我自己也陌生了。说不清什么原因，可能是环境变了。

其实，已没有什么事可写，我以前的信，已把所思所想统统告诉你了。但觉得还是要信守承诺，给你写信。你总是劝我不要写了，多休息，但我不想错过你。虽然我非常累，但没有关系，我还可以坚持。如果我今天以累为由不写，明天我还可以以困为由不写，再以后以各种各样的貌似堂皇的理由为借口，放弃了自己的承诺。同样，我也可以以各种理由和借口，渐渐地放弃了琼波巴，最后让你成为一个遥远的符号。

不过，我不愿意放弃琼波巴。我要把我能做到的事，做到极致，尽我最大的努力。否则，我既无法兑现承诺，也对不起跋涉的你。我不能只凭轻松愉悦的随性对待这段感情，等我睡足、睡香了，再跟别人轻松地调情，舒舒服服地谈恋爱，面对琼波巴的承诺——其实也是对自己心灵的承诺——如此轻率的游戏态度，怕是连自己也对不起了。我必须这样做，才能证明我不是空虚无聊地消遣，只图个好奇刺激，轻松得到又轻松放弃。我不会这样做。我必须用虔诚、无私的心来珍惜这份爱。

坚定，就是坚信我们能走一辈子。虔诚，就是相信我们的爱是最真诚、美好的爱。真的爱必然带给人向上的升华，而非堕落。

我慢慢理解了仪式的重要性。一定要周而复始地坚持、强化、凝固。否则，我很容易麻木、遗忘。一旦麻木、遗忘，恶念、贪念就会乘虚而入，一点点侵占思想的时空，渐渐扩大地盘，让我还原为原来的那个“女神”。

窗外，万籁俱寂，天地间，只有两颗心长相厮守，不受任何打扰。写完了信，我就可以躲进一个暖暖的宽广的怀抱中了。像一片羽毛，轻轻飘入大地的怀抱中，那么空灵、安稳、踏实。天地之大，总容得下这片羽毛拥有这么一个轻灵、甜美的梦。也只有做梦人的心里，才有这么一团挥之不去的依恋。

在这么静的深夜里，我仍会想起梦中你熟睡的脸庞，它有着睡莲般的宁静与安详。要是我们此刻都睡深了，谁会走进谁的梦里呢？今夜我只守着那个梦，像一位母亲守着婴儿。

实在想琼波巴了，我就把脑子里的记忆，一遍又一遍地重放，重放……在那个阴湿阴湿的雨天，我的鞋早被冰水浸透了，垫了好几层布，踩上去绵软绵软的，但很快又阴湿湿、凉丝丝的了，从脚底往上渗。我记得当时我还坐在后排，听着父亲乏味的讲经声。我简直后悔自己为什么要来了。父亲虽然博学，却没有激情，我一直不喜欢他的讲经……我看了看全场，那位穿着绛红色袈裟的瑜伽士正静坐在另一个角落，身影凝固，纹丝不动，像一尊雕像。谁能知道，后来我便鬼使神差地爱上了这位瑜伽士……生活真是不可思议。

写到这里，眼皮沉沉耷下来了，实在抬不起了。差不多已是凌晨时分，我这才饶过自己，准备休息了。这信实在没什么意思，你可以不看的，我只是坚持这个仪式。你要记住：莎尔娃蒂纵有千条不好、万种毛病，却是世上最爱你的那个女子。

记着，你要常常观想那护身火帐。

你的莎尔娃蒂

回信

我的女神：

近来仍是疲惫，老做噩梦。梦中总有牛大的黑蝎子咬我，吸我的血。那黑蜘蛛也睁了碗大的眼望着我。老梦见自己在泥泞中行走，醒来非常疲惫。

按老祖宗流传下来的说法，我是真的被人诅咒了。

除了身体疲惫外，还老是遇到违缘，时不时就会丢一些东西。一天，一本经书竟然不翼而飞。记得我明明装在驮架中的牛毛袋里，可偏偏就找不到了。那书很古老了，是用人皮做的。一位高僧在圆寂之前，留下遗言，要捐出自己的人皮，制成一本经书。据说，在高僧活着时，就开始了在他身上刺青经文，内容是一种古老的咒语，专门用以解除恶咒。我倒是真想从中找到一些破解恶咒的方法。我在夜里诵过那经。意外的是，我竟感到了那人皮上有扎人的毛发。按经书的说法，这是不吉祥的，意味着有邪魔在惦记我。

我没想到，那本经书竟然不翼而飞了。唉，丢了就丢了吧，那丢了的东西，就不是我的。

转眼间，又过去了这么长的时间，人生真的太短了，三恍惚，两恍惚，我们就老了，就会变成两堆毫无特点的骨头。

但是，我却愿意花黄金买不来的生命去爱你，去专注而无功利地爱你，去无怨无悔地爱你。这也是因为我老是将死亡作为参照。我想，人的生命价值正是其行为，那就用我黄金生命段的时光去爱一个值得我爱的女子吧。但愿你我的人生，会因此得到升华。

琼波巴

第伍封

见信如面
JIANXIN RUMIAN

亲爱的琼波巴：

我一直担心你的身体。

库玛丽也很担心。因为那些施咒者都很高兴，他们说从征兆上看出，那恶咒开始生效了。

他们又开始了进一步的诅咒——

每个深夜，咒士们都在召请那些邪灵和恶鬼，用污血供养他们。他们是一群食血的夜叉。他们最喜欢发臭的肉类。虽然好些人知道了这事，但没人敢劝他们，一是劝起不了作用，二是人们怕自己接近那咒坛，会招来不祥。据说，一个不小心接近那所在的孕妇真的血崩而死，她的身子被那些咒士们买下了。听说，她的血肉是最好的祭品。咒士们用尖刀挑了那女子的肉，一块块抛入火坛。那火烧人肉的嗞嗞声彻夜不绝，老远，人们就能闻到一股刺鼻的臭味。

那火坛，是咒士们从墓地找来的三块大石头做的，排成了三角形——这是诛法特有的排列方式。石头上就放着装了象征着你的陶人的黑牛角，还有些屠夫骨头，加上一些尸林和恶鬼出没之地的泥土。

每夜里，咒士们都召请那些邪灵和愤怒的护法神，向他们供上黑羊血、黑牛血、黑鸡血，请他们帮咒士诛杀那个叫琼波浪觉的人。

咒士们的黑咒声彻夜响着，叫人毛骨悚然。我于是祈祷梵天和大黑天，能保佑我的郎君。

不过，虽然对你安全的担心让我的心中充满了忧虑，但只要拿起你的信，就觉得太阳在生命里升起了。

每天晚上，我都要重读一遍你的信。这已成了我的功课。

早上，我尽量不读你的信，我想在人前尽量保持退位女神的矜持。有时候，我总想一个人静一静，理清一下思路和头绪，毕竟我要时时面对这个世界，不能失态。认识你以前我也经常独自一人静思。我在享受孤独。孤独能使人升华。

真爱不是罪。我们不能放弃。放弃只说明我们定力不够。我曾认识一个女子，她追求一个瑜伽士，瑜伽士先是拒绝，后来被追求者的爱打动而放弃了信仰，而这女子却对瑜伽士的信仰产生了质疑。

我想，无论是谁，都应当对未知世界心存谦恭与敬畏。这还可以消解你在进入陌生后的某些不快。你能宽容莎尔娃蒂的无知，也就能原谅别人的无知。因为我发现任何宗教上的冲突与矛盾，都源于无知或沟通上出了问题。

你说："以前，我是真的想躲到人迹罕至的所在，静静地品那种大美。自遇到你之后，我却想真正了解你所在的那个时空的一切。对一个瑜伽士来说，这当然是好事。虽然那世界可能会污染或是摧毁我以前的好多东西，我还是想看看它。"我认为：好的宗教，一定是不会被污染与摧毁的。如果你的宗教智慧那么轻易就被污染，或许说明你并没有得到真正的智慧，你还需要重新探索。

我还想说，要是你愿意，你将来可以在印度或尼泊尔定居。

莎尔娃蒂愿意用接下来的生命，用我所有的人生积累，这双足在跋涉，这支笔在记录，那些苦难的人们就多了一种离苦得乐的可能。

来饲养你这头大狮子，但这还远远不够。

饲养大狮子需要高品质的食物，需要更多的资源；而喂养小耗子、喂养小麻雀几粒米就够了。环境对人的影响力很大。以前我们也提到过在印度定居，你担心会伤害雪域等待你的人们。如果仅仅是这个原因，不需要自我束缚。大狮子迟早要走到他的世界里去的。我们在跟时间、跟生命、跟虚无赛跑。没有必要让每个人都满意。要不受任何形式的约束，心灵才会博大。在印度半岛上，毕竟还有你的那些上师们，还有莎尔娃蒂这样愿意把生命赠予你的女人。在这里，你这棵檀香树永远不会被当成柴火烧掉。

想想看吧，那次杀生节，花费了数以万计的金币，这种事情太多了。你说，这么多资金，可以让多少苦孩子接受教育？可以让多少宝贵的生命不被疾病吞噬？可以让多少个纯洁的姑娘不出卖肉体而拥有她们想得到的爱情与生活？多少虚假欺骗的声音占有了这些资源，传播着更大的谎言？

在认识你之前，我也常陷于迷惘和混沌之中。作为女性，我觉得已无路可走。我放弃了头脑与思考，满足于统治者需要的女神角色。我已做到了极致，也积累了富可敌国的财富。如果我再放弃良心与自省，完全听命于世俗，我也许还可以过上世人羡慕的生活。但问题是，我的心、我的思想一旦冒出水面，就会碰到天花板。我如果坚持硬碰硬，那就是头破血流，牺牲的只是我自己。

所以，我只有两种选择：要么我放弃向上成长的欲望，要么成为依附于某个男人的主妇。但放弃自己，我的心与灵魂会折磨我，很痛苦。不放弃，我又无路可走。所以，我遇见琼波巴，才会如此意外，狂喜如梦。

莎尔娃蒂愿意为琼波巴付出生命，愿意含笑赴死。

因为，一切都在过去，都在消逝。只要有琼波巴这颗心在聆听，这双足在跋涉，这支笔在记录，那些苦难的人们就多了一种离苦得乐的可能。

最后，还有一点小小的请求：若莎尔娃蒂突遇不测，请在合适的时间、合适的方式，公布这封信。我的愿望是不想让我挚爱的家人蒙羞、曲解我的本意。

希望孩子们读了这些信能更懂得爱，相信世上有真爱。所有的孩子都是天使，要让他们明白：有这样一个女子，想用爱去影响他人，进而影响世界。这是多么大的目标啊！但她居然傻乎乎、不自量力地去做了。

爱你的莎尔娃蒂

亲爱的女神：

我确实感到了黑咒那邪恶的力量——它让我的旅途变得十分艰难。我一直在生病，忽冷忽热，忽迷忽醒，周身疼痛，十分萎靡，但我没有停下追求的脚步。白天我在跋涉或参学，晚上则在观修。但我时时能感受到环伺在我身侧的邪灵，时不时地，便有热恼向我袭来。有时，我也会生起可怕的退转心。此外，我的身边，时不时会出现一些不吉祥的事，老是丢东西，身边老是会出现一些捣蛋鬼。

有时，我也会向他们吼上一声：我很怕你们，但你们奈何不了我！

我时时觉得自己会死去。

每天晚上，睡下时，我不知道次日会不会醒来。

只有在你的信到来时，我才会感到温暖和安宁。一想到你，我就被一种巨大的情感笼罩，命运真的给了我一个能疼我爱我的亲人。这辈子，我没有白活。

对你信中的许多说法，我很赞同。你也许不知道，至今，本波的那些人还在家乡设祭坛，想诛杀我。我仍然遭到那些人的封杀和排挤。一位老人目睹了我的境遇后，对我说：琼波巴，走出去吧，外面的天地很大，别叫那些小人把你闷死。

是的，生命太短了，我有更重要的事要做。

所以，虽然我很想生活在你的身边，但我只能随缘。好多东西，不是你我能左右的。太强求了，反倒烦恼了心。要是命运能给我定居印度的机会，我会很高兴地接受。但我的修行，其实就是从拒绝诱惑开始的。这是我最基本的处世前提。你说是吗?

要知道，即使在开悟之后，也需要远离恶友，也需要闭关。在跟你接触的这些天，我真的有了贪心。可见，爱一旦遭遇“物欲”，也会成为驱使人堕落的诱因。以前，我当法主时，许多施主真的想为我做些事，但我不知道该向他们要求什么。我衣食无忧，健康快乐，又有大量的时间用于修炼。我不知道我还需要什么。我明明知道，无论多么伟大的人，也不会有永恒。我又何必为了那种无常而执著地打破心灵的宁静呢?

但在跟你相爱之后，我真的有了“求”。可见，只要心有所求，就会有被“物欲”污染的可能。不过，我跟别人不一样的是，我马上就能自省，明白那是物欲而远离它。那明白我行为之“非”者，就是我的觉悟之心。那是照耀我的光明。世上所有的证悟，就是为了证得那份时时自省的光明。

现在，我仍然有好多毛病。心灵的污垢，仍会在我静的极致里浮出。对我来说，它们是命运给我的恩赐。因为，只有在那些污垢浮上心时，我才能发现并净化它。在我的生命里，有许多毛病，它们大多只会出现一次。在明白后的行为里，我很少犯两次相同的错误。在我的眼中，真正的英雄并不是征服世界的人，他只能是降伏自心的人。

不过，你不要将我对你的珍惜，当成堕落和放弃信仰的理由。要是你放弃了我，我会尊重你的选择。你要知道，我的智慧和慈悲都不允许我去缠一个女子，除非她爱我。因为只有在她真正爱我时，她才属于我。

要是你放弃了我，我就在寻觅之后，回到青藏高原。我会澄明在自己的世界里。等我再从恍惚里觉醒时，已物非人亦非了，我须发皆白，你也两鬓苍然。

所以，不要轻言放弃。放弃是杀死爱情和信仰的最大凶手。真的，你放弃之后，我只要在心里放上别的东西就能将痛苦挤出心外。目前，我将你对我的爱，当成了生命中不期而至的巨大福报。我很感谢生活给我的赐予，它能叫我在旅途之中，还能感受到一种能席卷一切的生命诗意。它定然会成为我智慧上取之不尽的活水源头。我毫不怀疑地认为，你是命运送给我的最好的礼物。

我想，真正的空行母，就是我深爱并且使我向上的那个女子。我只有在真正地爱她，并将爱升华为信仰时，才能达到真正意义上的完美。

你的身上，有一晕非常纯净的光，它给你增添了无与伦比的大美。你还有颗金子般的心。你的身上，承载着女性应该有，但在这个世界已经沦丧的那种质朴、真实、干净、宽容、善良和鲜活的女儿心。你的行为本身，就贡献了一种全新的价值观。要是人人都能这样去爱，人间就成净土了。

世上所有的爱情或信仰，其实都毁于某个坏的缘起。它可能是非常小的一件事，或是一句话。要像守护自己的眼珠那样，小心地守护爱情和信仰。直到它长成一棵巨大的神树，到了那时，就连钢刀也砍不断了。

永远记住，你想成为什么样的人，只要你有足够的信心，你就一定能成为什么样的人。人生是一种选择，你的选择构成了你的行为，你的行为决定了你的价值。

我马上要去鹿野苑。那真是个神奇的地方。

琼波巴

在我的眼中，真正的英雄并不是征服世界的人，他只能是降伏自心的人。

第陆封

琼：

我不知道你目前的状况怎样？

今天，我跟库玛丽参加了大车节。听她说，大车节前夜，咒士们就圆满了第二阶段的诅咒。

大车节是祭祀鱼王神的。他神通广大，很有正义感。以前，我是不喜欢抛头露面的。这次，我却很虔诚地参加了大车节。

我以当地人习惯的方式，祈祷鱼王神保佑你，不使你遭受那恶咒的毒害。

关于鱼王神，有这样一个传说。若干年前，一个母亲生了一个孩子。由于出生时辰太凶险，家人便将他扔进河里。后来，一条大鱼救了他，让他在自己的腹内长大。一天，女神乌玛向大天求密法，大天说：“我的法是不会轻传的，你要想得到密法，必须在大海中建一座房子，我就在那房子里给你传法。”女神造好房子，请来大天。传法时，大鱼正好路过，鱼腹中的孩子就听到了密法内容，乌玛反而因劳累睡着了。传法后，大天问，你懂了没？孩子便回答懂了。不久，乌玛睡醒了，又向大天求法。大天说我已经传给你了呀。女神说，我只听了一半，就昏沉入睡了。大天用神通力观察，看到了大鱼腹中的孩子，就收他为弟子。就这样，孩子就在鱼腹中禅修，十二年后，俱足了无量神通，专管降雨和收成，人们称他为鱼王神。四百年前，这儿发生了百年不遇的大旱，有十二年时间不见滴雨，土地龟裂，大地干焦，人畜渴死者不计其数。原来，是鱼王神的弟子嫌当地人不敬鱼王神，就捉住了专管降雨的九条神蛇。百姓祈求鱼王神放了那些神蛇，才解了旱情。从那以后，尼泊尔人每年都要敬鱼王神。

受供的鱼王神坐在一座木头小庙里，一辆古代的木轮大车拉着那小庙前行。庙顶有一杆圆柱，直冲云天，上面插满松枝。那车是按星相家测算的路线走的，时走时停，有时一天走不了几百步。车到哪里，哪里就人山人海。那天，我化了装，扮成一个男子，一直跟着那车，为你祈祷。我相信祈祷是有力量的，因为我分明感受到了来自鱼王神的神力。此外，我也向鱼王神的女儿祈祷，她叫查库瓦戴维，坐在另一辆车上的小庙中。

那天，我还看到了宝衫。它本来是蛇神的。某年，一个农民治好了蛇神妻子的眼病，蛇神就赐给他一件宝衣。后来，宝衫叫魔鬼偷了。在一次大车节上，一个得道高人抓住了魔鬼，夺回了宝衣。人们便将它献给了鱼王神，平日装在匣中，用火漆封了，只是在大车节那天，才拿出来展示。

我看到的宝衫虽是个黑色的坎肩，却泛出一种异样的宝光。一个祭司举了它，东甩甩，西抡抡，南抖抖，北摆摆，四方展示之后，便装入匣中了。在见到宝光的那个瞬间，我观想的，仍是在为你消除那恶咒带来的违缘和命难。

参加完大车节回来，我见到了灵鸽。

读了灵鸽送来的回信，为你担忧的心反而歇下了。大车节的花絮戛然而止，我很快从大车节的氛围进入了跟你有关的世界。

在与你的交往中，真诚、良心、承诺、诚信、爱……多少曾经承载人类心灵最美好体验的文字，又一个个活回来了，醒过来了。就像王子吻醒了沉睡百年的公主，生活向我展现了她质朴、神奇、博大、魔幻、仁慈的冰山一角，只因为我开始用心待她了。

有了你的自强和寻觅，这个世界就显示了她的伟大。尽管它还有很多的污垢，我还是从你身上找回了对这个世界的信心。正如你在杀生节那天发的感慨，这个世界真是浮躁纵欲、道德沦丧。我也厌倦那些以杀害生命来取悦神灵的做法了。其实，置身其中，每个人都难脱干系，每个人又想推卸责任。就像腐败的果子，腐败只是表象，暗地里，每个人都悄悄纵容自己的心渐渐变质，才造成这个世界的道德沦丧。放弃我们的，正是我们自己；让这个世界恶浊不堪的，也是我们自己。

我仍会坚持给你写信，这是自我救赎的需要、心灵呼吸的需要。放弃这份坚持，无异于自杀。把爱情升华为信仰，把爱琼波巴作为一个信仰，这件看起来像发疯犯混的行为，其实是我多年来最明白、最清醒、最理性的选择。

在我的心理时空里，我一直与琼波巴在一起，相依为命，长相厮守。每个人都有各自的生活与世界。但和琼波巴在一起，才是属于我的世界。这份爱，是世上最顶尖的奢侈品，也是莎尔娃蒂赖以存活的必需品。

在有生之年，也许我注定要在等待中度过。我们很像两棵树，下地结同根，出土遥相望，若非亲历，谁能体察这“遥”字饱浸的辛酸、苦楚、委屈，但唯独没有怨也没有悔。能和琼波巴在一起，我真的什么都不想要了，不想做了。世上的一切，任何东西都不值得我离开琼波巴去追求。有时间，我情愿这样傻傻地爱着他，陪着他。

有一天，琼波巴也许会累了，或者他寻觅的途中会遇到更适合他的女子。那对我意味着什么？

杀生节那天，当我看到你在街头仅仅是望了一个女子——当然那眼神有点叫我受不了——老天，就这么简单的一个细节，就像刀尖刺进心脏，足以置我于死地，却又不一刀痛快捅死，而是锥在柔嫩的肉心上，一点点用力，一圈圈搅动，一寸寸刺深进去……这个过程远比死难受。

懵懵懂懂中，我觉得自己一直走得很苦，走着一条不知目的地的路。

好了，我该起床了。我得抹去相思的痕迹，去笑对人生了。真是有点累。

爱你的莎尔娃蒂

回信
无

第柒封

琼：

我从父亲房里溜出来给你接着写信。可能接下来好些天不能写信了。

库玛丽告诉我一些新情况，说是那些咒士们取了咒过的黑牛角，埋在了一个十字路口。本来，他们想将这黑牛角埋在你住过的房里的。但那家的房主人坚决反对，他的理由很充分，他怕那咒术的邪恶咒力会作用到房主人一家。

于是，他们只好将咒物埋在十字路口，说是那些食血的夜叉自然会找到你，将巨大的灾难降临于你。

听库玛丽说，这咒术的真正威力，是在六个月之后。这只是他们一系列诅咒的第一步。他们还将继续行使恶咒和诛法。总之，你还是别忘了观想那防护轮。

我也找到了一位高人，她是一位有成就的空行母，叫班蒂。听说她精通禳解之法，但她最近不在家，去了另一个城市，正在为因埋葬亲人不慎触怒土地神的一家人禳解。听说这一家，已死了四个年轻人。

等她回来，我就请她来禳解那黑咒。要是她愿意，我也会拜她为师，学会那些法门。这样，我就可以随时随地为你修法，帮你达成所有愿望了。

我很想称你为夫君的，但总是有点害羞，因为过于私密小气了。以后，请允许我这样称呼你好吗？

我说过，我们相依为命。如果你愿意，那么，你可以永远保持原有的生活规律。这时候，我就是代替你面对世俗、应付生活的“事业金刚”。你不要有什么顾虑与负担，尽管使唤莎尔娃蒂这个丫头。我要从有限的生命与变幻的无常中，尽可能地争取更多的时间、更多的食粮，饲养你这头“狮子”。

我很愿意成为你的另一双眼睛、另一颗心，我会更深地潜入你想了解的文化，在“确保健康、你不在身边、只爱琼波巴”的前提下，我可能会多帮助一些需要帮助的人。

我想，你的参学要尽可能广一些。那儿毕竟是千年古国，有着最深厚的智慧积淀。那是一块神奇的土地，会给你一个很好的起点和契机。当你走世界走累了时，你就到我这儿来。我希望我这儿是接你归来的第一站。

库玛丽新设了一个佛堂——这也是我努力的结果，叫我今天去加持一下。她也是一部历史，一直默默地看着我走。我答应了她。我想，因为我的努力，这世上多了一个跟你有相同信仰的人，这也是爱你的一种方式。

不多说了，我随便吃些就出去了。在郊外，很远的。

你不要感到孤独，莎尔娃蒂一直在你身边。

你的莎尔娃蒂敬上

女神：

收到你的信后，最扎我眼的，是“不在身边”这四个字。它扎得我的心一阵阵发凉。因为有了它，你的所有承诺，都变得没有了意义。我不知道，“不在身边”的我还需要你的啥呢？跟你的相识，我曾当成是命运对我的召唤。我真的无法抵抗来自你那儿的诗意。我一直在挣扎，我不想放弃自己的梦想，我也不想舍弃你的真爱。正是在这种左右撕扯不已的时候，你那句“不在身边”一下子激醒了我。我忽然明白：你其实是不希望我留在你身边的。

我终于明白，命运其实是真的不希望我离开寻觅的。无论你怎样的设计，在你的那“不在身边”之光的照射下，都变成了幻影。

读完你的信后的那一刻，我的心一下子变懒了。我一点

那醉人的诗意，
也需要我付出相思的
代价。但我还是惊喜
地扑向了它。

儿也不想再走了。我不知道我变懒的脚步，能否跟得上你的多变的设计？我甚至怀疑自己，在生命的黄金时间段，我是否真的需要享受另一种本来不属于我的幸福生活。我真的该静一静了。我虽然有颗孩子的心，但我明白，我毕竟已近中年，稍一恍惚，后半生就空过了。

虽然我珍惜跟你的相遇，但我也明明知道，那醉人的诗意，也需要我付出相思的代价。但我还是惊喜地扑向了它。因为我明白，多年之后，肉体消失之后，我即使想再去爱，也没有了爱的载体。所以，趁着我能爱和被爱时，还是投入地接受这份爱吧。

虽然你的信中有过许多设计和许诺，但那四个字真的扎疼了我的心。因为我明白你写它时潜意识中的某种东西。那时，你也许是不经意的。你甚至没有觉察，但你既然写了它，说明你心中定然有写它的理由。我敏感的心里，认为你定然在向我暗示着什么，这种暗示是我非常不喜欢的。

你是否真的不知道“你不在身边”是个不好的缘起？

已过夜半了，我却一点也不想睡。我在想，我近来做的一切，在我的生命里究竟有没有意义？我是不是应该仍然像以前那样孤独下去？

琼波巴

第捌封

我思念的琼：

看了你的信，心绪复杂，一言难尽。

你误解我了。

我说的“不在身边”，指的是你去寻觅的时候。我发现，你真的很在乎我。这让我很高兴。

半夜里，我被噩梦惊吓醒了，再难睡去。想写信，灯里没油了。周围黑漆漆一团，像随时有莫名的怪物要猛扑过来咬断我的喉管。我很怕。就这样静静躺着，渐渐又迷糊，醒来已是早晨。恍惚中，我确实相信自己在二十多岁之后，就是为琼波巴而活的。有一种想解除羁绊的强烈欲望。这些天帮父亲做事时就想，也许这是我最后一次陪父亲了，我就想认认真真陪他一次。我想，琼波巴无论啥时回来，我都会随他而去，浪迹天涯。

午后，库玛丽又带来了他们的讯息，说他们埋了那个黑牛角咒物之后，又开始了新一轮的诅咒。他们去了原始森林，找到一棵毒树，取了毒汁，和了墓地的土，制成了一个俑像，用旃檀木汁在俑像上写了你的名字。这也是你的生命象征物。他们将它放在火坛上，焚烧黑色动物的油脂。那油一入火坛，便腾起滚滚烟雾，罩住俑像。咒士们边持咒，边拿着魔剑，刺俑像的头。就这样，他们边烧，边诵咒，边刺剑，听说要修七七四十九天，就会让你发疯。

他们可真是用心了。这回，库玛丽打听清楚了，你的所有信息真是班马朗提供的，包括你的指甲和头发。他甚至将你的家传谱系也告诉了咒士，据说这样会更有效果。库玛丽说，正是有了班马朗的煽动，那些人才格外卖力。当然，更香多杰的嗔恨心也是最重要的诅咒助缘。我不知道，他哪有那么多的邪恶。

我发现，他真的变了。以前，他想极力促成我们的事。现在，他的目的变成了复仇。他的变化，是不是跟我说的一句话有关？记得有一天，我说，我要是死了，我的所有财富都捐给琼波浪觉，叫他去弘法。记得，更香多杰冷笑了两声。当然，要是我父亲不在了，要是我不在了，按当地的习俗，一切都会是他的。你想，我会让那些财富成为他造恶的助缘吗？

我已想好了办法。

只是，等不到你，我死也不甘心的。

我发现，我正在迅速地老去。

刚才想你想得出神了，端洗脚水时一失手脸盆打翻在地，水泼了一身一地。起先一刹那，有所嗔恼，但转而想起，琼波巴说要把自己的内心打碎，与世界万物融为一体。忽然想到，宗教是解释世界的工具，或者是与世界沟通的语言。你有什么样的心，就有什么样的解释。你认为世界是地狱，那就是地狱；你眼里的世界是天堂，那就是天堂。就像我遇见琼波巴，就觉得眼中的世界变了，哪怕这个世界多么不好，但它给了我一个琼波巴，我怎能还说它不够仁爱呢？

最后，我有个建议，当你圆满了神启的修行之后，你应该去朝拜王舍城。

莎尔娃蒂

我的女神：

我发现我真的中了那魔咒，发疯了。

上回那信，一叫灵鸽带走，我就后悔了。我知道它可能伤害你。但我还是叫它带走那封信。我想保留我的灵魂轨迹。将来有缘时，可以叫世界看到一个真实的琼波巴。他不是天生的圣者，他也有私欲和习气。他真的敏感得要命，但也正是这敏感，成就了他。要不是那敏感，他会跟千万个雪域汉子一样，在生活的重压下，早失去了那份向往。

相较于瑜伽士，我其实更像一个行吟诗人。我喜欢的诗人是，能叫百姓颂扬，而不惧君王流放，悯人悲天，大气赫赫，我毕生所效，不过如此。

我只希望在遭遇了被命运的流放之后，能在我心爱的女人怀中痛哭，或是放歌。写到这里，我才忽然明白我为啥选

返回红尘中的你

我，就是那遭天神嫉恨贬下凡间的神仙眷侣，已化为一对平民夫妇，相视而笑中，都是那暖心窝的世俗温情。

中了你。在你的眼眸中，我真的找到了那种男人的感觉，而不是瑜伽士或是圣者。

你千万别叫我有圣者的面孔，我不愿意。只要跟我一起时，你能开心，快乐，一天比一天大气和明白，就成了。你只管在跟我的接触中觉醒于当下，快乐无忧，大爱充盈，你便是世上最大的受益者。这世上，没有比爱更伟大的教义，没有比善良更重要的思想，没有比真诚更值得赞美的品格。有了它们，你就是最成功的人类。你还去求啥板着面孔的大师呢？

在你的心灵港湾里，我像远航后的大船那样，毫无束缚地享受我作为人类的快乐。我从来没享受过这样的快乐和自由，这才使你成为我最心爱的人间女人——而不是出世间的空行母。

将来，在我走了太长的路，经了太多的风雨，承载了太重的使命之后，我只想在我心爱的女人怀里放下一切，像婴儿在母亲怀中饱乳后那样香甜地入梦。

我只想叫我的女人快乐，只想在像杀生节那天满头大汗地去为她买水，哪怕因此丢了金子也在所不辞；只想在她的一生里用醉人的诗意裹挟了她，叫她幸福地变成傻瓜；只想用坚实的臂膀搂了她，叫她安全地香甜地熟睡；只想叫她明白，无论她身在什么地方，都会有一双眼睛正深情地望着她，为她忧，为她乐，为她歌，为她哭。

你是不需要大师的。大师属于世界，不属于你。我只想在面对社会时当完我该当的“大师”后，再静静地面对我的女人，当一个叫她怜惜、心疼，牵挂不已的男人。

琼波巴

总以为那张相聚的场景，已到发黄的季节，那段销魂的风缘，该成褐色的记忆。

第玖封

亲爱的琼波巴：

请允许我保留这个深爱你、敬仰你的仪式——当你不在我身边的时候，我要写信给你。

那天晚上，库玛丽带我去了那个咒坛。咒坛在山洼里，很是诡秘。那儿阴风飕飕，怪石嶙峋，很是可怖。我说的可怖，不仅仅是指那所在，更是指那氛围。

在烟火缭绕中，咒士们把象征你命根的那个俑像放在火上焚烧。他们往火中扔着动物油脂，火里发出嗞嗞声，还腾起一股股浓烟。库玛丽说，那油脂，是从黑狗身上取出的，据说能增加诅咒的力量。

用黑狗油脂烧一阵后，咒士们又往火中投黑色植物。他们边用毒针刺那俑像，边诵一种邪恶的咒语。

库玛丽说，待得诅咒圆满，咒士们就要在一个无月的夜里，把俑像送到玛姆女魔居住的地方。这象征着，从此，你的灵魂将属于那个女魔，人世间的你就会发疯。

我很着急。

那个叫班蒂的空行母还没有回来。我找了几个瑜伽士，他们一听对方的那种诅咒，都不敢禳解，因为要是他们的功力胜不过对方，那诅咒的咒力，就会全部落到他们的身上。他们很害怕，说对方的这种诅咒，是来自远古的一种诅咒。

为了解除这恶咒，我去了巴舒巴蒂庙。这庙依水而建，步步高升，很是壮观。它专供湿婆神。湿婆神的头上长着三只眼睛，他手持钢戟，颈缠毒蛇。他集创造、护持、毁灭于一身，神通广大，无所不能。我代表你在圣河里进行了圣浴，代替你消去了宿世的所有业障。我想，无论对方有着怎样邪恶的咒力，要是你自身没有业障，他们也奈何不了你。你说是吗?

从此，你的灵魂
将属于那个女魔，人
世间的你就会发疯。

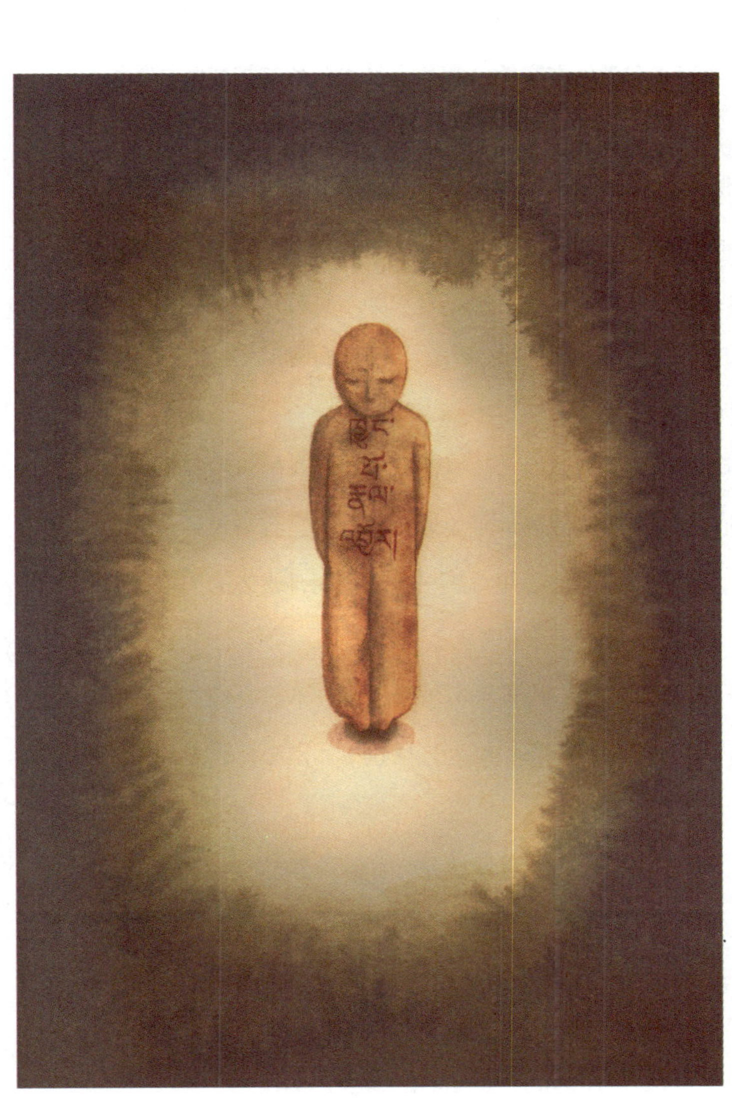

在巴舒巴蒂庙，最令我难忘的，是西岸的焚尸台。许多人抬着尸体，也在那儿进行最后一次圣浴，然后再进行火化。我跟那些死人一同沐浴着圣河之水，我浮想联翩，感慨不已。我不知道，在等到你之前，我是不是也会变成那些沐浴的死人中的一个？

除了为你担心之外，我还有一点沮丧：我一直追求的智慧与自由，在你面前竟如此不堪一击。如果我还有那么一点聪慧、灵秀，早已零碎成自以为是的、愚钝可笑的细节，我的自由已被你“有情”地剥夺，因为在你面前，我已没有选择。这到底是为什么？我不明白。

我对你的感情，写书信时，更多的是尊敬，是写给一个虚幻的爱人，可以静静地平淡地爱着；但当我一想到你的形象时，就难以自控地心跳耳热，那一瞬间，燃烧的力量扑面而来，我无法自救，几乎窒息。

——从现在起，我再也不需要思想，不需要独立，什么事情只要你来决定，哪怕沦为乞丐也不用担心。因为我是你的女人。

——从明天起，我要做功课：看各种各样的、以前我不屑看的书，看如何保养皮肤，如何煲汤，如何打扮，等等。还要跟那些舞蹈高手学习如何举止更优雅。这对我来说，简直就是脱胎换骨，重新做人——是做女人。但这些，若是被女友们知道，她们定会笑翻在地！——这还是莎尔娃蒂女神吗？

我也搞不清楚到底发生了什么事。在遇到琼波巴之后，我的世界正在推倒重建，重建一个仅属于琼波巴和莎尔娃蒂的两人世界。

现在，睡觉成了我的大事。我要尽量多休养，可不能让你在归来后看到一个黄脸婆，但愿那时，莎尔娃蒂还是一个蜜月期的小新娘，羞涩而娇美。

在过去的一年里，心中流溢着浓得化不开的相思。天上一日，人间千年。恍恍惚惚中，返回红尘中的你我，就是那遭天神嫉恨贬下凡间的神仙眷侣，已化为一对平民夫妇，相视而笑中，都是那暖心窝的世俗温情。琼波巴，答应我，答应这么多真心爱你、疼你的亲人，再不做苦行僧了，再不用佛门立雪、青灯独修了，再不要那么长时间地去寻觅了，在家多好啊。你回来吧，会有美妻身边侍候，会有聪慧的儿女绕膝嬉戏，此生又有何求？！你想修行就修行，不想修了就陪陪家人，当不当大成就师、弘不弘法有什么要紧？素食布衣最宜明目养心，只要全家和美、四季安乐，这比什么都好！佛祖见了也会祝福我们，也会说：琼波巴，回家吧！

莎尔娃蒂说话甜吧？趁你在高兴劲儿上，赶紧认错，你一定不要生气，一定要原谅我。那天太想你了，情不自禁，在湿婆神像背后一个不惹眼的地方，刻了几个字：“莎尔娃蒂爱琼波巴”，刻上之后，就心虚了。还好，那地方，一般人不去留意。但任何人一看，都知道是我留下的印迹。给你添乱了。好夫君，原谅莎尔娃蒂吧，她是爱你爱傻了。

夫君生气了吗？不要生气好不好？莎尔娃蒂向你赔礼。

笑一个吧！不笑？那你说怎么罚呢？只是莎尔娃蒂早已缴械投降，虽然我们守身如玉，但其实我的心里，已奉上了所有土地与城池，连身心都是琼波巴的，以何受罚呢？真的别生气啊，有女子爱你也是很平常的，想想不会惹大麻烦。最好让她们看到，群起而仿效，那可有趣了。瞧你瞧你，还真板下脸了？莎尔娃蒂先溜走，等你气消了再来。

最后，我还想告诉你一件事。那些咒士还在修火神法。据说，他们在利用一种邪恶的仪式，派遣能主宰大火的恶魔。你一定要注意，晚上睡觉时，别睡得太死。门窗别关得太紧。屋里最好常备有一盆水。睡觉之前，一定要熄了屋里的明火，因为无论多邪恶的火神，他也得依托人间的明火作为种子或缘起，才能使出自己的邪恶咒力。

唉，自从跟了你，莎尔娃蒂的心便悬到嗓子眼儿里了……

莎尔娃蒂

我思念的莎尔娃蒂：

你情不自禁，泄露了爱的天机，我高兴还来不及呢，哪会埋怨你呢？那些字，就让它永远放着吧，充当我们相爱的证据。

我早上禅修之后，看了你的信，情不能抑，还是想给你写信了。没办法，此刻，这信硬要往外涌，我挡了几次，却压不住它那汹涌的势头，就只好随缘了。没办法。瞧，命运总是在某些时候裹挟了我，强迫我做一些在我的生命设计里不一定计划的事。

自遇到你至今，我一直在生命的诗意里浸泡着，熏熏似醉。也好，趁着自己有说话的欲望，说一些我该说的话吧。因为自打我踏上寻觅之路后，我很少有时间记录自己的行履。要是不趁着跟你有谈话欲望时写些东西，这世上，真没几个能了解我的人了。

我的记忆中，似乎很少有过苦难，真的——除了父亲的死给了我很大的刺激外，除了当本波法主前的那段必要的苦修外，我其实也在享受修行和寻觅的快乐。所以，虽然你也心疼我，但一般人眼中的苦难，在我看来却是享受。明白吗？

孤独倒真是有的。没办法，当你独上高峰，四顾无人时，当你发现黑云掩月时，你当然会感叹宇宙之大和人类之小的。真的，我真的感受到一种渗入骨髓的孤独。那是一种异常清醒的孤独，或是一种异常孤独的清醒。我虽然不想孤独，但那是没办法的事。就像我睁开了眼睛后，就再也不会泯灭那心灵的光明一样。我的明白使我有了一种看世界的别样目光。人间的一切都成了梦幻，我自己也老是消失于那梦幻光明之中。那种寂寞和孤独，给了我独有的智慧。在我历练人生的多年里，我从来不曾被一些时尚的垃圾湮没了心智。

但我没想到，遇到你之后，我竟然仍是被那种啸卷的情感裹挟了。虽然我老是用观想和持咒挤走它，但我的心里总是激荡着一种暗涌的激情。许多时候，我甚至总是在惊喜地迎合它。因为我明白，当我将那激情扩散至整个人类或是众生时，我的修行就有了另一种色彩。也许，这是命运对我的另一种恩赐吧。更也许，你是上天派来的。上天派了你来，

上天派了你来，
对我进行着一种别样
的救赎。

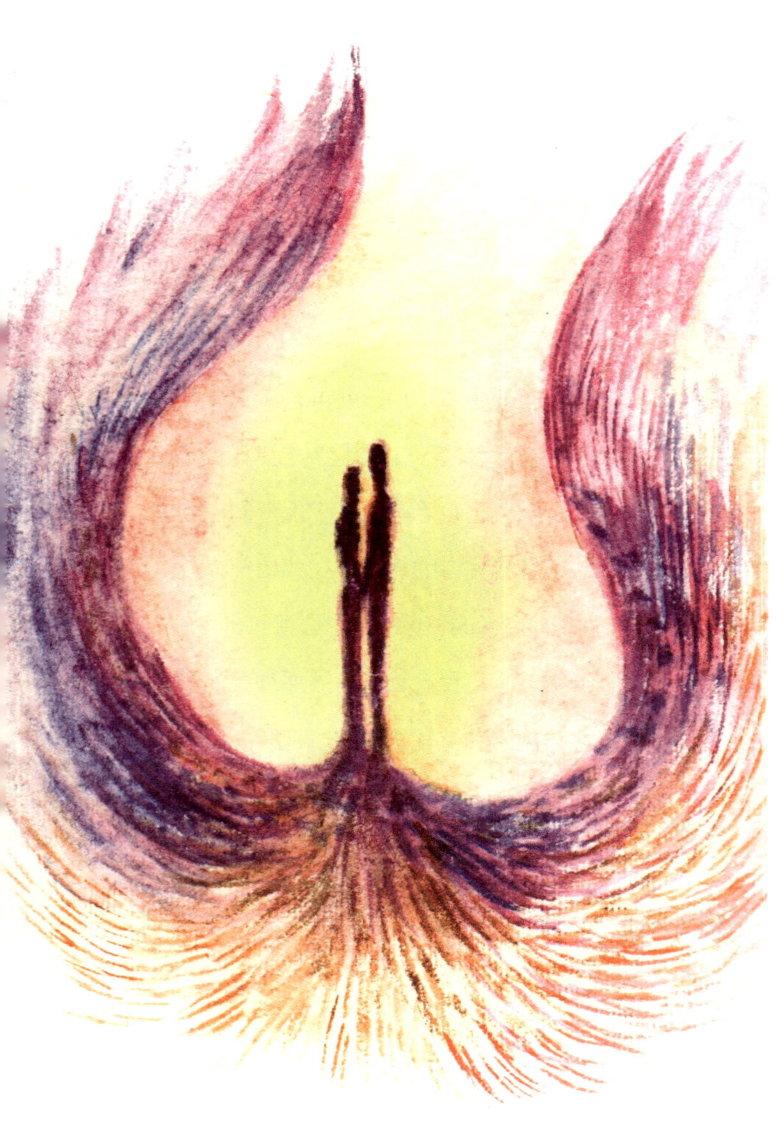

对我进行着一种别样的救赎。

我一直想不通，我为什么会爱上你？从世俗的角度看，这真的很难理解。此刻，当我想到你时，仍是激情澎湃，不能自已。我想不明白，那个比木偶还要圣洁的女神究竟是靠啥打动我的？我只能归之于缘，或是命运对我的裹挟。此外，我真的说不清楚。因为我遇到过那么多美丽的女子，却总能把持住自己。可是，遇到你之后，却偏偏神魂颠倒了。我想，也许是你脸上的那份真诚、善良和质朴打动了我。你的身上，有一种无法掩饰的生命活力和透出毛孔的善良。在这个充满欲望的世界，很少见到有这种光彩的女子。当然，这并不是说你不食人间烟火。在遇到我以前，你也可能很功利地做过一些事，但我相信，至少在跟我相遇的那个生命时空里，你给了我全部的真诚和爱。这就够了。无论以后你我走多远，并不重要。许多时候，能感动自己并感动世界的，其实仅仅是几个细节而已。

我还是想告诉你，你也是个世界，是个同样能滋养我灵魂的世界，你千万不可以消解了你自己。你不可将那么大气的莎尔娃蒂，消解为一个尼泊尔小女人。要知道，你带给我的，除了那份醉人的诗意外，还有你所处的那个世界的所有信息。你的出现，以及跟你的接触，也许会成为我转向另一个世界的契机。因为，尼泊尔人和印度人也是人类，他们同样也面临着热恼和愚痴，也同样需要清凉，需要宽容，需要博爱，需要一份明白和超然。

我的莎尔娃蒂，你说对吗?

我真的很惊喜跟你的相爱。要知道，只有爱上一个女人后，才算真正跟她所在的那个空间和群体发生关系，才算有了一份牵挂和理解，才可能真正触摸到他们的灵魂。没有你，我也许真的会仅仅成为人们眼中的“琼波”瑜伽士的。对你的爱，肯定能使我超越地域的。

你说是吗?

琼波巴

第拾封

亲爱的琼：

中午本不打算写信的，但实在难受得紧。

早上我还高兴，正幻想跟你相聚的时候，却听说了一件事：那些咒士们说，按他们的观察标准，火神法已起了作用，我很担心你。请你务必回信一封。

行咒之余，咒士们为了自己的长寿，竟买来婴儿熬成汤，去炼制一种长寿药膏。我难受极了，倒锁了房门，止不住流泪了。

我只是一个女人，听到这种事真的难受得无法形容。库玛丽说，她虽然也把人心想得很坏，但没有想到竟会坏到这种程度。经过了数千年的历史长河，人类的秉性似乎真的没有改变过。真的不知他们这样的修行有什么意义？你说过：人心不变，是不可能改变命运的。所谓历史，只是周而复始地重复悲剧而已。我不由得为人类哭泣了。我对寄托了我无限美好梦想的那些首饰也厌倦了。如果能换回婴儿的生命，我将非常快乐地舍弃它们。我在赎罪。我也是人，也是女人。

我经常为自己的麻木难过，今天却又一次被震撼了。唤醒人心是我们唯一值得用生命去做的事，但也是最艰难的事。而且，正如你以前指出我的狼孩性一样，我知道，一切的改变，首先要从自己开始。实际行动比啥都重要。

今后，凡属于我个人的财物，除了供养父母终老外，我要全部用于你救赎人心的行动中。我已经开始了实施。我将托付两个人，一个是在位的女神，她视我为亲姐姐；另一个便是库玛丽。万一我有啥不测，你就去找她们。我会安排好一切的。

我想，明白了，就要去做，而不是发牢骚或是指责别人。

世上不缺发牢骚的人，最缺的是不断修正自己行为的人。要想改变别人，先从改变自己开始。

这不是说我要成为女菩萨。我无所求。我没有什么流芳百世的理想，我只是看到这些现象极端难过，它残忍地毁掉了我的幸福感、快乐感，增加了我的不安感、罪孽感、毁灭感。我一定要找回我的快乐、幸福、安宁。

而且，我还担心，我们的爱，会不会让我沉溺于个人的幸福中，变得愈加麻木？

你要经常帮我保持警醒，否则我会后悔的。

以后我都吃素了。上次祖母去世，我素食，只是一种礼节。而现在，我确实咽不下肉食了。我想到那些死去的婴儿，觉得他们就是我的母亲，他们就是我的孩子，他们就是我自己。

晚上我会沐浴后诵《金刚经》，愿他们安息，愿他们转世幸福。

莎尔娃蒂

回信

我思念的莎尔娃蒂：

也许是那些咒士的咒术灵验了，我倒是真的遭遇了一场大火，烧了世间许多珍奇，我自己倒安然无恙。

我正难受呢！

你一说，我越加歉疚了。我想，我真是一个不吉祥的人。我要是不去那烂陀寺的话，也许就不会有这场火灾。

你曾说你要追问女人生存的终极意义，比如智慧和自由。是的，你需要智慧，就是你应该明白如何真正地去爱一个值得你爱的人。你也需要自由，那就是最大可能地跟你的爱人生死与共相亲相爱。此外，是无所谓终极意义的。因为无论你如何努力，也无法跟死亡和无常较量的。因为你以前当女神时的话里，充满了假话和套话，才从口中吐出，就已经变成了垃圾。你为之效力的女神庙，也同样被无常吞噬着。

你想，连那烂陀寺的藏经楼都在一片烈火中化为灰烬，世上还有啥不变的呢?

百十年后，包括你房间在内的那么多打着你父亲印记的建筑物都会被推倒重建的。那时，你的家族可能没了，你也没了，啥都没了。你的那些财富，早叫人挥霍一空。在那片废墟上，也许会有一些人骂娘，会有一些人歌唱，会有另一些人捶胸顿足。许多曾自以为是的人们，都变成了一堆堆骨头，化成了一个个终究会被岁月掩埋的符号。

那时，琼波巴传承的智慧却肯定会留在世上，继续滋养下一代的人类。

琼波巴

许多曾自以为是的人们，都变成了一堆堆骨头，化成了一个个终究会被岁月掩埋的符号。

第拾壹封

亲爱的琼波巴：

今天，库玛丽一到我家，就把我早上诵读《金刚经》修来的清净又搅乱了。这是定力不够。

她又打听到了那些人诅咒的内容。主神还是那个玛姆女魔。上次的诅咒是一种前行之法，这次才是正行。他们先画了坛城，坛城四周有四支箭、四个纹槌、四个幻网，还有一些孔雀羽毛，总之是一些闻所未闻的奇怪把戏。他们的供物也很奇怪，是各种黑色动物的血，和上次那样，还要焚烧各种黑色动物的油脂。更香多杰告诉库玛丽，说是整个场面烟雾缭绕，阴气森森。

库玛丽说，那玛姆女魔——他们当然叫女神——居住在北方，那是一个红色的国度，山是红的，水是红的，石头是红的，天空是红的。在那红色世界的正中央，有一个巨大的城堡，是牛皮做的，尖角直竖，刺向天空，这便是女魔的宫殿。那宫殿里，充满了人尸和马尸，腥气冲天，杀气腾腾。玛姆女魔的手下，有一万个吃肉夜叉。她们身体漆黑，发如烈火，口中滴着人血和油脂，腰间系着新剥的人皮。她们还有吓人的头饰、新鲜人头做的念珠、新鲜人心脏做的项链。串那念珠和项链的，是一条正在疯狂扭动的眼镜蛇。

咒士们请来了玛姆女魔，供上了各类供物，让她们高兴。

而后，咒士们开始祈祷——

玛姆女神，请吃了琼波巴的心，请喝了琼波巴的血，请用你摄魂的铁钩勾出他的心脏，请用你的套索绞断他的脖子……

瞧，这便是他们的勾当。我不知道，他们修的慈悲心，到哪儿去了？无论是本波，还是婆罗门教，都说众生是父母，但为啥他们遇到一个不称心的琼波巴，就非要置其于死地呢？

真是可怕!

我发现，那些有着宗教背景的人比一般俗人更加可怕。因为那宗教背景带给他们的，可能是一种貌似高尚的狂热。他们总能在高尚的旗帜下，干出非常无耻的勾当。

瞧，我的这种观点，哪像一个退位的女神?

父亲找我谈了话。他看出我的心病了，并坦言我追的是水中的月亮。

分不清你和信仰，我最爱谁？为了爱你而走向信仰，抑或，为了走向信仰而爱你，两者互为因果。不过，我现在也懒得追问究竟，万事一团混沌，由它去吧，不必搞清楚。只是略有遗憾，不能和你共赏女神庙的歌舞了。只怕以后难得聚面，更难得凑齐了时空，那如花名伶已曲尽人老，那舞榭歌台空有余音绕梁，情何以堪?

晚上看了很长时间的书，你留下的那些书很好，我只是粗粗浏览，就觉汗颜。难怪你总是说我，只看到了你最表面的东西，你总是恨铁不成钢。

贪恋所爱，执迷不悟，我知道我的问题在哪里，这已成了我想深入你所推崇的光明世界最大的障碍。你作为“凡夫”的一面，言行举止，每个细节都令人着迷。一旦我固执地把你推上圣座，内心的妄念才渐渐安宁清灵，我才能用心读懂你推荐的好书。深层阅读，必须用心与作者相契，才能达成灵魂交流，否则就是浮光掠影。而好书真正的价值，就像一位真人，略见皮毛往往难获真谛，因为他的外观与常人无异。就像你这样。

我现在坚持诵读，平静生活，你可放心。

遥想十年之后，你我若能在远山幽谷修习，素食简从，息羽听经，多么自在，胜似神仙，这个绰约的幻想，已成为支持我这么兴致勃勃地等下去的最主要的理由。作为你佛学上的学生，我敬师如佛，遗憾的是我比较愚痴，常让你无可奈何，希望勤能补拙，追随你身后，做一只不掉队的笨鸟，就心满意足了。

你离开我，已有四年了吧？很想你。

只有诵《金刚经》，才有神力消解相思。

看到你留下的这册旧书时，爱不释手，几欲落泪，抚物思人，悲喜交集。

因为旧，惊觉逝水流年；因为旧，更见情深意远。

相识不过数年，恍惚已结三生盟约。

不写了吧，再写又会流泪的。

你的莎尔娃蒂何时才能练就夜行千里的神功呢？

这一想，顿时心酸。可见你还在我心上，重重的，搬不走了。

那就留着吧。

莎尔娃蒂

回信
无

第拾贰封

我的夫君：

听说你病了，我非常担心。我又去找那位能禳解诅咒的空行母班蒂，听说她马上要回来了。她一来，我就去找她。我相信她会帮我的。当然，我会供养她很丰盛的礼物。

我打听清楚了，那些人布的坛城叫幻网。他们用一种奇怪的咒力将某个空间织成了奇怪的网。然后，再用一种特殊的方法将那些魔们勾摄入网，或进行供养，或进行蛊惑，然后放出他们，让他们追上你，去做咒士叫他们做的那种事情。

库玛丽说，那些咒士将玛姆女魔的心咒写在纸片上，画上女魔的像，放在幻网中象征须弥山的基座上。女魔像的四面有四个黑人，他们拖着溅着鲜血的辫子。还有四人，持着麻黄。此外还有很多东西，比如一百零八个替身，比如箭，比如二十四个装了鲜血的胫骨等等。总之，很是可怖。

每天，那些人将咒过的毒砂向你寻觅的方向抛打，并放出那些邪魔。按他们的说法，那些魔子魔孙就会追上你，施展魔力让你产生疾病、烦恼、业障等。

我不知道，你的疾病是不是跟这有关？

我一直很担心你。

这些天，我也老是发呆，喉咙也很痛。还是趁醒着的时候，多想想你，回忆我们相处的点点滴滴吧。

真的很累了，但我会坚持下去。你说，爱需要一种仪式。坚持就是一种仪式。因为我爱你，我不能失去你。

我说过，只要独处的时候，我就要给你写信。我要信守自己的诺言。这是我的选择。我要是留给你多变和不负责任的坏印象的话，那你一旦遇上另一个可爱又守信的女子，就可能动摇对我的爱。趁那个女子还没有出现之前，我得努力清除那一丝丝的习气，我不能给别的女子创造这个机会。我原是与世无争的人，我仅仅想得到爱人的心。

琼，你不知道，为了找你，我吃了很多苦，流了很多泪，走了很多曲曲折折的弯路。跟街头那个小女孩乞丐差不多，草鞋都走烂了。这是因为我愚蠢，没有练就一双慧眼，人海茫茫，不能识别谁是我今世的夫君。是我不小心把你丢了。我多焦急啊，一直在找你。终于有一天，我遇到了你。

在你炯炯有神的注视下，我猛然惊醒：我找到他了。我们的相遇，也许是神灵的帮助吧。直到今天我还是如梦如幻，如痴如醉，神思恍惚，不愿醒来。明知爱你很苦很难，还不知有多长的路要走，还不知一路上有怎样的风风雨雨，但我都会欣然接受。你也不要难过，这是我的事。

我心存感恩，感谢上天，让我们在还能相爱的年龄，认出了对方。否则，我的心一直还是悬着，无枝可栖。想想这世上多少人，浑噩不觉，任由至亲至爱的人擦肩而过。所以，我还有什么可求的呢？还有什么其他贪念呢？我又怎么可能放弃呢？

昨晚的梦中看到你了，我多高兴啊，雀跃得像只小鸟，扑棱棱地扇着翅膀飞过去了，停在你的膝上，专注地看着你，时而“笃、笃、笃”啄你的手（那是我在轻轻亲你，说“我，爱，你”），最后，看中你那茂密丛林般的一头乱发，就在上面筑巢栖息了。我会每天清晨在窗台上唱歌给你听。

我困了，迷迷糊糊的，也不知说了什么，别笑我啊。

谢谢你爱我。

你的莎尔娃蒂

回信

无

如果你不想再走了，就暂时缓一缓吧，除了你自己，没人逼你承担使命。

第拾叁封

琼：

再给你写一封信吧，灵鸽去一趟，很累的，叫它一次多带点我的爱。

做完父亲安排的事，回到房里，已很晚了。立在阳台上望了一会儿夜空，圆月似隐似现。想到你。一个女人，最应该做的事，也许是遥望星空，这样可以让自己不被生活琐事腌透。

我想这时候，你已经睡熟了。睡深了，睡香了，心里特别踏实。想到你安详入睡的样子，我就像重返了童年，宁静，无忧。

我又开始心痛了。我知道，你肩上承担的，心上承担的，有太多太多的责任、义务、使命……诸如此类，也不是谁强加给你的。明白了的人，理应要有担当，但也不要太累了。倦了，就放下来。我更愿当一个普通的女人。

我已经不习惯女神的身份了，也不再考虑身后的事，不想生命的意义之类。我死后人记不记得我，怎么评价我，我不在意。就像给你写信，那是我活着的需要，像呼吸一样，而不是为了身后留名。我只是个普通女人，喜欢一个好男人，喜欢就是喜欢，不为什么。喜欢看你开开心心，哪天要是懒得当瑜伽士了，那就不当。要是你的寻觅让你不开心，那就别再寻觅了。当和尚，或当牧民，你怎么舒心，就怎么来，凭什么总要你承担使命？你要是不乐意了，就缓一缓。缓了之后，再说。

爱你像登山，攀登越高，空气越稀薄，人迹罕至，挑战极限，前进或上升的难度也就越大。你不见，做一个满大街跑、平地上走的碌碌庸人哪有什么难度？

要是你觉得难、觉得累了，也是一样，你肯定是在上升，应当高兴才是。不过也得适时舒缓，放松放松。别太逼自己。

寻觅和跋涉太艰苦了。如果你不想再走了，就暂时缓一缓吧。除了你自己，没人逼你承担使命。你就做个自由、率真、撒野、任性的野孩子吧，光着脚板一路狂奔，一路高歌……噢，我想起了，那时节，我家没有让你放歌的空间，憋着你了。

我跟你一样，是最不愿意上神坛的。你得降低期望，我绝不当什么女神。我只是喜欢你，做一个女人应当做的事，仅此而已。

我的信能写多长，就能陪你多久。

爱你的莎尔娃蒂

我的女神：

听了司卡史德上师讲大手印，心中放下了许多，身体也好了很多。

虽然我的身体仍时不时出毛病，但我并没有将这当成是玛姆女魔的原因。其实，我眼中的玛姆女魔也是母亲，要是她需要我的命，我布施她便是了。

我也老是看到那些张牙舞爪的魔，我甚至相信，他们真的是那些咒士遣来的。我根本用不着他们动手吃我，我就将自己宰杀了，供养他们。我想，我就从布施那些魔来圆满自己的菩提心吧。怪的是，当初无论我如何观想防护轮——我能很清晰地观想出杵帐和烈火，却无法挡住袭向我的恶魔。而当我索性把肉体和生命布施给他们时，身体反倒好了许多。

看了你的信，我总是陶醉，浓浓的相思喷涌而出。行在旅途，感觉也变了。以前的我，是被上天流放到人间的罪臣。现在的我，是被巨大的幸福裹挟的男人。司卡史德上师开示心性之后，我的心已明广如天，不带一丝云彩。不成想，我所有的修为，总是被你的信冲得稀烂。

昨夜梦到你了。我搂着你，幸福地醉卧。梦光明里，一个空行母告诉我，莎尔娃蒂是你的女人，你应该坦然地接受她的一切。

你的至真至纯感动了我。要是以往，我会逃跑的。我怕害了你，因为爱上我的女人，可能会曾经沧海难为水的。这是巴普说的——我跟他谈起过你。他说，你即使在生活中遇上别人，也会在我的反衬下失去色彩，于是会痛苦地寻觅一生，但你再也不会找到我这样的人了。巴普这样说，不知有没有道理？

但我还是不后悔跟你的相识。虽然对你的心疼成了干扰我宁静的因素，但我同时还感受到席卷而来的巨大的诗意。它会陪伴我一生，融入我的生命。

爱你的琼波浪觉

昨夜梦到你了，我搂着你，幸福地醉卧。

见信如面

JIANXIN RUMIAN

目送归鸿

总以为斩落莲胎不再有纠结的藕丝，总以为桃花岛上的女子早已死去，总以为雪山下的笑声已经消逝。

第拾肆封

见信如面
JIANXIN RUMIAN

尊敬的夫君：

刚才我买了一些火供用品。我想供供梵天和那些护法神，让他们帮帮你，让你少些违缘，能早日找到奶格玛。

库玛丽又带来了那边的信息。那些咒士们又开始做一种更邪恶的咒术。他们想让你变成白痴——一想这个词，我的心就哆嗦了。

那个在街上行乞的傻子死了——就是你见过的老拣食肮脏食物的那个，咒士们弄来了他的尸体，用他的脑浆写了你的名字，放在火坛上烧。火坛的供物，便是那傻子的油脂。他们一边持咒，一边叫腾起的烟熏那张写了你名字的纸。

你想，这是多么恶心的事。库玛丽一说，我就呕吐了。

还是谈谈我们的事吧。你也许真的劳累了。瞧你，前些天写的那封信，写了啥内容。我一直不敢再看那封信。只是好笑，原来，吃醋的琼波巴，也会犯糊涂的。

我是你气不跑也气不死的女人，无愧于你，无憾于心。你来了，我当你不会走。你走了，我当你没有来。

不过，我坚信，我们能走一生的。

因为，在这世上，我最爱你。

灯又快没油了。等你回来时，莎尔娃蒂会好好赔罪，捂得你热乎乎的……想我吗？

你的莎尔娃蒂

我思念的莎尔娃蒂：

我倒是真的希望那些人的诅咒灵验，让我变得愚痴一些。老祖宗说，傻人有傻福。所以，在世人眼中不傻的我，只能过这种奔波的生活。

每次，一写完给你的信后，我就能坦然入睡。我头一挨枕，就呼声如雷，酣畅之极。可见我是个无心的人，但我已做了该做之事。每次，我做了该做之事后，总是会坦然入睡。别的，其实是命运的权力范围。我不想夺命运的权。更明白，任何执著，都仅仅是在折磨自己的心。

我当然明白你的心，你真的很矛盾：离开我，你的生命失却了一段精彩。不离开，你又忍受不了那种思念之苦。也许，在某个瞬间，你真的很想放弃。那个瞬间，我也心疼你，却想：也好，随缘吧。

我明白，许多时候，一个人的所有设计，都会因为心的变化而成为泡影。要是我们有期待，就必然有失落，进而失去心灵的宁静。对这个世界，许多时候，我真的是无所求的。我只能随缘。能回到你那儿，我很高兴。要是你放弃了，我也很高兴。

冷静地想一想，一生里，我真的没产生过如此强烈的情感。也许是压抑过久，也许是你真的值得我爱，更也许是我将你当成了我生命中一直寻觅的那份真爱。没有它，就没有我的修行。我的灵魂，一直被诗意和宗教撕扯着。当那份强烈的诗意占了上风时，我就想当寻觅的诗人和行者。当宗教信仰占上风时，我就去闭关修炼。我曾想，世上不缺修行人，也不缺瑜伽士，但缺好诗人——你也许想不到，我甚至想当诗人呢。

遇见你后，我真的很惊喜。那份熟悉、善良、温柔和真诚，很令我陶醉。还有你那女神经历熏染出的灵秀和圣洁，每每令我惊喜不已。我被一种东西裹挟而去。虽然我的智慧时时提醒我，但我还是愿意浸淫其中，不愿自拔。我明白，它可能成为我一生里最重要的激情。在那些日子，宗教意义上的寻觅，总是被你的爱吹淡。

但昨夜，我真的想放弃了。我觉得我太残忍。你实在太累了。一想到放弃，我感到失落的同时，也感到一种轻松。我失落于可能要失去我深爱的你，却又轻松于你可以不再有相思之苦。我真的心疼你。为了叫你过得好一些，我能尊重你对我的放弃。

但我明明知道你心中的块垒所在：你怕你旧的温馨世界被打碎之后，再也无法建起新的美好世界；你更怕别的女神的命运在你身上重演。

也许你是对的。但你并不知道我的智慧。我是太明白生命的无常，才会无原则地珍惜它。仅仅如此。

谢谢你给了我那份诗意和精彩。我发现，你也真的投入了全部的真诚。我们真的该珍惜它的。生命里没有这份情感时，人就成动物了。不久之后，你所有的一切终将离你而去，你只有一次的生命终将消失，还有啥比年轻健康时的相爱更值得珍惜呢？我想，只要我们稍稍冷静一些，或是待得时间消磨了那份恼人的相思后，我们或许会走出很远的路。我们的生命，也许会因了这一相携，绽放出异常绚丽的火花。

多年之前，在我“明白”或“觉悟”前的许多个夜里，我时时在深夜流浪在本波庙后面的山洼里，疯子般吼叫。我解除不了孤独。我时时想自杀，时时想拿把刀插向自己心口。但我终于活了过来，当然是修炼救了我。在那个时候，任何人拯救不了我。能拯救我的，只有心的明白，或那份我所寻觅的真爱。

幸好，苦修之后，我终于明白了一些。我很想将我的那份明白传递给跟我同样痛苦的人。

我的智慧还告诉我：世间法的所有追求，最终是无意义的。多年之后，随着宇宙的坏灭，一切都会随之化为灰烬的。我想寻求更有意义的能够永恒的东西。寻觅便成了我所选择的永恒。它时时将我从宁静的雪域高原拽出，拽向神圣的印度。

我想，燃烧了这么久，在全心全意地爱了你之后，我该定定心，干我命里该干的事了。

我决定受戒。

爱你的琼波巴

我是太明白生命的无常，才会无原则地珍惜它。仅仅如此。

第拾伍封

亲爱的琼波巴：

告诉你一件事。

那些咒士中有个打卦的巫士，据说能算出你的一切。他说，他们的咒术之所以一次次失灵，是因为有个红衣女子在保护你。我不知道她是你说的那个司卡史德，还是你寻找的那个奶格玛？那是你的保护神。于是，他们决定先勾摄那女子，将她囚于密坛之内，再对你进行诅咒。他们正在修建一个叫大红司命主的坛城。这坛城，可以将被诛者的保护神勾摄过来。

在库玛丽的带领下，我偷偷地看过那个坛城。坛城设在一个山洼里。那儿有一棵树，很像拐杖。他们先画了一个黑色的三角形，我说过，这是他们诛业坛城的图案。

那真是一个恐怖的所在。我感觉到有股阴风在暗涌，那是能渗入骨髓的阴冷和寒凉。我觉得我的灵魂也给他们勾入坛中了，我的身子一阵阵瑟缩。那个时候，我发过愿，我想要是他们的咒力真的起了作用的话，我倒是愿意叫他们勾入坛中。这样，我们便能永远在一起了。对于我来说，生呀死呀，是懒得考虑的。我只想永远跟你在一起。我想，要是能跟你在一起，你们所说的极乐世界，也不过如此吧。

听库玛丽说，他们打死了一只黑色的猫头鹰，剥下了它的皮，上面写了你的名字和他们的愿望。他们想让你残废。瞧，他们的愿望一天天在变，以前，希望你死；后来，希望你变成白痴；再后来，又想叫你残废。我想，他们是不是在跟你的保护神讨价还价？他们一次次降低诅咒的期望，目的只有一个，叫你别再去寻觅。他们仿佛很害怕你成功。我找不到其中的理由。以前，魔王波旬最怕佛陀成道，原因是修道者一多，他的魔子魔孙就少了。现在，咒士们是不是也像波旬那样?

我发现，有许多人确实想置你于死地，一些是你们教派的对手，他们将雪域当成了一块蛋糕，他们只想由他们来切，不希望多一个强有力的对手。无论是本波还是班马朗，似乎都这样。更香多杰似乎另有心事。以前，他倒是真的希望你娶我。但后来，我发现他变了。在那些咒士的教调下，他有了贪心。也许，他不希望我将财富用于你弘法——也许他认为，要是我死了，他便是当然的财富继承人……不过，我已经想好了办法。

他们在猫头鹰皮上写名字和愿望时，用的是秃鹰血。咒士们挥舞着普巴金刚橛，诵一种邪恶的咒语。然后，他们将咒物和短剑装入袋中，挂在墓地的树上。哪知，他们还没转身离开呢，一阵非常强劲的风刮下了袋子。普巴金刚橛从袋中探出头来，插进了一个咒士的肩膀。真是有趣。这下，那些咒士都很没面子。呵呵，咒人不成，反被橛伤。

库玛丽边说边开心地笑。我也很是开心。

写这信时，夜已黑。真想你啊。

刚开始落笔时，情不自禁，心还没有会意过来，手已写下了“夫君”两字，赶紧删去。我愣了一会儿，又加上了，但后来想想，又删去了。就像刚才，热泪就要冲出眼眶，我还是用力忍住了，忍一忍，咽回去，心里一阵发酸。

你是要走远路的人。我省略了这两个字也好。

那天，刚看到你信中“决定受戒”几个字时，我呆住了。我没预料到你会有这样的决定，就恍恍惚惚回到房里。我终于瘫软无力，现了原形，成了你讲过的那条喝了雄黄酒的蛇仙。你和许仙不同，你是找到了归宿。所以，我心底一阵阵涌上来的泪，终究也成不了漫天汪洋。我的仇敌不是法海，只能淹了我自己。

……到底还是哭了，原来满心欢喜，以为找到结伴同行的人了，看到任何东西都会联想到你，连做梦都是笑着的。不想梦这么快就醒了。这条路还得自己一个人走。你以前说很心疼我那么孤独，我以前并不觉得自己孤独，因为心里总是装着你。现在我才觉出孤独了，那就好好为自己哭一次吧。

你想用这种残忍的冷漠，注释“诸行无常”吗？你叫我诵《金刚经》，是想帮我破除执著痴迷吗？

如果这样，我绝不做好学生。如果修行必须以了断与你的情缘作为交换，那我绝不皈依。我不求来世，不求佛国，诵经祈福只盼今生与你相守。现在你都走了，我就无所求了。心都走了，我也就不会心痛。不用顾念，你尽可以了无牵挂地走。

只是我很愚钝，让你白疼一场。你决定受戒，也许我应该高兴才是。

不写了。你多保重。

莎尔娃蒂

回信
无

总以为七月流火的后面必然是清冷的雨季，总以为生命燃烧之后必定是灰色的记忆。

第拾陆封

亲爱的琼波巴：

他们仍在诅咒。

你寻觅不息，他们便诅咒不止。这情形，跟光明与黑暗一样，是不可分离的两个兄弟。

我一直在向梵天祈祷，希望我能承担他们的咒力。说真的，我有些怕了。他们请来了一个个咒士。跟你一起来的那位班马朗认识许多咒士。我不知他为啥那样恨你，你们不是在一块土地上长大的吗？你以前待他那么好……真想不通。

自从进了那坛城之后，我就老是打哆嗦，仿佛魂魄真的被他们勾摄了。

也许，我真的替你抵挡了咒力，昨天下午起我全身发冷。洗头时，水沾湿了后背，就像贴了冰片似的，后来就浑身酸痛乏力，头重脚轻，发烧。忽而热，忽而冷，交织着。早上家里又来了求法的人，需要我不停地说话。我没有沉默和不微笑的自由。

我的父亲要求我要不停地说话，絮絮叨叨的，我都说厌了。其实我最想说的，就是这些信的内容。刚遇见你时的惊喜，也让我忘乎所以说了很久。而现在，渐渐地，我也懒得说了。这也许不是一个好苗头。数千里的间距，如果再不保持必需的、坦诚的对话，我们之间的美好记忆就会越扯越远，越扯越细，最后就像轻沙撒入大漠，杳无踪迹了。连我们两个人，都消逝在人海中了。

我经常陷入自设的悖论中去。痴迷情感，我痛苦不堪，生不如死；但放下你（你口头上也认为我应当脱身），我们的情感无法维系，很快就会烟消云散。这一切，关键看我如何对待你。因为，你是绝不会为一个女子放弃一切的，我很清楚这一点。那么，为了成全你的骄傲，我总是努力淡忘你那些莫名其妙的嘲讽对我的刺痛。比如，在你的语气中，我好像特别耐不得寂寞。可一个耐不住寂寞的女人，会这样不顾一切地追随你、等候你吗？为了守护你的寂寞，她还傻傻地，那么自不量力地想要阻挡尘世喧嚣的入侵。

我们都有着极为错综、矛盾的多面性。这种矛盾来自我们两人内心的坚强和自立：互不倚靠，互不依赖，决不妥协。我们都生存在各自的世界里。也许，这种相似的个性今后还会磕疼我们这段柔软的情感。痛不痛？有多痛？只有自己体味。你是圣者，无所挂碍；而我是凡人，在自讨苦吃，可我希望这种煎熬过去，会迎来新的突破和成长。

因为你的时间似乎更宝贵，你的生命似乎更珍奇，因为我自以为还是你的爱人，所以，每次都是我来修修补补的，努力让这段情感更完整、更坚韧，不被时间侵蚀，直到长成参天大树。我以为我们都很需要这棵大树。

不知道我这种冷冰冰的较真和执著，是不是让你感到疏远了？

坚硬的莎尔娃蒂

回信
无

第拾柒封

琼：

老是替你担心，生命不息，担忧不止。

也许，这便是我的宿命了。

晚上，靠在椅上懒懒的，什么都不做，想你。一天里，只有这时候才不被打扰。

很厌倦目前过于忙碌的工作，但没有办法，家里老是热闹。

父亲要是不收那么多弟子，或是我没当过女神，也许就是另外一种生活了。生活就是这样，有得到，就会有失去。

母亲这两天回老家去了，她和父亲一直吵个不停。那种针锋相对、冤家陌路的气氛，让我厌倦，几近绝望。如果没有对你的思念，这个没有爱、只有苛责的家，只是一道禁锢的锁链，让人窒息。好在有你留下的《金刚经》，我一直放在身边，有空就翻一翻。想开了也没什么，正像母亲说的那样，也许我是身在福中不知福。更也许，我想跟你在一起，其实是一种很大的贪婪。

只是与你隔得太远，隔得太久了，经常想流泪。我很清楚，目前的状态几乎不可能有什么改变。你不能放弃寻觅，我也无法舍下父母——当然，这是我的理由而已，其实，只要你一招手，我定然会跟你走天涯的。但这确实要看上天的安排了。

也没什么事，只是很想你，写了这些废话。我真的说不出什么了，只是随时随地都想着你。没学好《金刚经》，我还放不下你。不敢想象，没有你的日子，我会熬得过每一天吗？

想想也真奇怪，你一出现在我的人生中，就把我的世界搅得天翻地覆了，一片狼藉，断壁残垣，无可奈何。没想到，我几年女神生涯里淡泊宁静了的心，又堕落到相思的地狱中去了。

我很想你，没有办法形容。偶尔看书，连看到“寻觅”两字都想流泪。所以，我尽力帮助自己，小心翼翼地绕开“情”字，绕开“爱”字，像一艘船绕开礁石，我怕自己沉没。如果只有我一个人，什么样的情形我都可以面对，但我们都不完全属于自己——父亲要求我尽量维持女神的矜持。也许，完完全全属于我自己的，一天也就那么一两个时辰，可以任由自己跟你说话。这种说话，更像在自言自语。你听不听都不重要，我在跟自己说话。

很多事不敢想，不忍想，就不去想了。

我像一片叶子，顺流而去。原以为自己比较有力量，可以照自己的想法走过人生，但在遇到你之后，我发觉自己如此无力和无奈。

你会以为我消极，但是你不知道，我需要多大的力量，才勉强能抑制住那种巨大的似要喷涌的相思。我的精力都用来对付自己的妄想了。

这是一种什么样的爱？足以让我自行毁灭。

也许，这种打着爱的旗帜的，不过是自己的贪婪和私欲。

你说得对，一辈子很快就过去了。

莎尔娃蒂

回信

无

第拾捌封

亲爱的琼波巴：

我跟库玛丽又去了那个大红司命主坛城。虽然，按尼泊尔密教的传统，诛坛是不可以观赏的，因为有时候，邪灵和咒力会波及开来，给观赏者带来伤害。但我顾不了许多，我想亲眼看看他们是如何诅咒你的。

那所在，真是阴风飕飕，恶气冲天。和上次一样，我一到那种地方，就头痛欲裂。也许是我不能闻腥臭的缘故吧。

大红司命坛城中，火光幽暗，浓烟四溢，咒士的身姿像摇曳的鬼影。他们有的吹法器，有的舞蹈，有的拿着几张囫囵剥下的黑狗皮。他们边摇抖皮子，边持诵一种可怕的咒语。据说，他们之所以抖狗皮，是在干扰你的护法神，让他们忘了保护你。要是没有那些护法神的保护，你的生命中会出现许多可怕的幻觉，从而影响你的真正宿命。听库玛丽说，他们这样咒过许多人。那些人都曾是大师根器，后来却成了庸人。他们被日常生活的幻相迷了，忘了自己最应该做什么。

抖狗皮的声音好瘆人，一听那声响，我的心就会发慌。那觉受，很像心脏和血管中有一团团蛆在乱滚。

要是你被他们迷了的话，那我这辈子，可就真的白等了。虽然我需要的，只是一个郎君，但我还是希望你成为一代大师。

不过，我发现，你开始变了。这是你的沉默告诉我的。

还以为你会表扬我学《金刚经》大有觉悟呢，再也不会被库玛丽们迷糊了心的清净空明。但你的沉默告诉我，可能你不是这样想的。

听到你提及司卡史德之类，就像千万条小毒蛇钻进了我的心。但这次，我是在极度的痛定思痛、痛不欲生中想通了的。如果执著于儿女私情，如果我把琼波巴看成是我私有的爱人，定会带给我生不如死的煎熬，如果这样，我们还怎么可能走一辈子？我早就气跑了，痛死了，自杀了。所以我选择了放弃自己而顺从你。

由此，我也更加理解了《金刚经》的破相说和“空”的概念。

正因为深深地认同了“空”的观点，所以我还要写这封信，因为即便相知如你我，我们仍然需要保持足够的、真诚的、坦率的沟通，否则，就逃脱不了这种情虽至真至深、却因误解而错过的轮回与魔咒。因为我们共同的情敌，是时间、空间，是性别、文化的差异，等等。不知你是否也这样认为？

这个世界上，能得到坦诚相待、互为人镜的诤友都已十分稀缺，更何况爱人呢？我非常珍惜你的出现。我从来没有这样珍惜过一个人。

我还认为，行动胜过诺言。

爱你。

坚硬的莎尔娃蒂

回信
无

总想踩碎月下的
晓霜，印出浪迹天涯
的孤独。

每个人都在寻求一种终极意义，
岂能尽如人意，但求无愧于心。

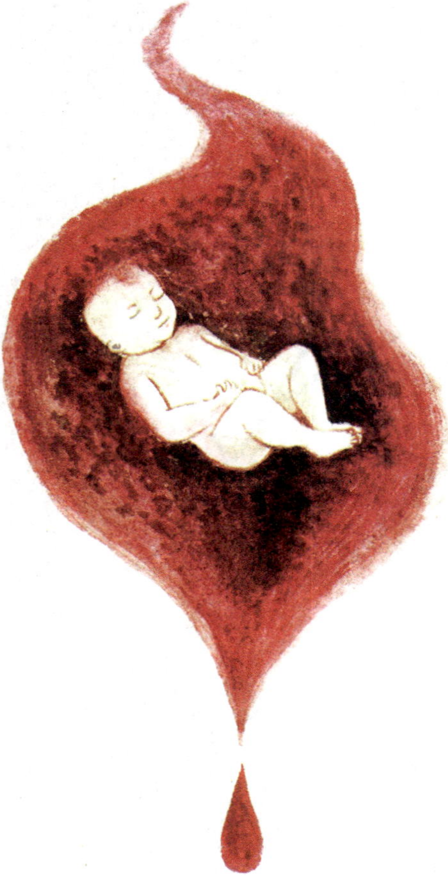

第拾玖封

亲爱的琼波巴：

我越来越害怕了。

我仍在为你承接那咒力——它让我产生了病入膏肓的感觉，我的喉头时时发噎，疼痛开始袭来。我怕我挡不住那铺天盖地的邪恶咒力。我老是看到，那些邪恶的咒砂，仍在卷向寻觅的你。

咒士们在山中又找了一块魔石，将你的魂魄勾摄在魔石上。据说，这便是你的命石，代表你的灵魂。他们已拘了你的三种命石，代表红菩提、白菩提和无死明点，它们分别来自你的父亲、母亲和你宿世的精魂。

他们已经完成了规定的念诵，将那祈愿纸、心咒和各类珠宝用红布包了，跟你的三块命石一起，塞入一个红山羊和黑绵羊的心脏内。

他们想让你进入一种可怕的魔境。那魔境，会迷了你清明的心智。

我甚至希望你告诉我，我对你的这种迷恋，对于你来说，是不是也是一种魔境?

看了你的信。很担心你，也心疼，但我除了一如既往地替你承接那些咒力外，别无办法。

每个人都在寻求一种终极意义，岂能尽如人意，但求无愧我心。你费尽心力地用生命换来的智慧证悟，在很多人看来也许并不需要，甚至还会为你招来违缘。那些混混就是这样甘于混混的命运，你的唤醒只要几个心灵听到也就够了。我知道，你已经尽了全力。

你不知道你有多么了不起，你带给我的一切多么好！我这么孤傲的一个人，却对你百依百顺，甘为婢仆。我也许孤陋寡闻，也不清楚别的女人需要什么，但在我眼里，那么多财大气粗、手握重权的男人，都比不上你带给我的智慧、清凉和明白。为此，我无数次地感恩命运、感谢生活，更感谢你。

别受世俗价值的影响，坚持你自己，坚持你的证悟，坚持你的方向，坚持你的路。我非常有信心，你是对的。

你已经达到很高的境界了，每一步的向上跨越，都是异常的艰难，比原来的更难。这不要紧。这肯定是极难的事，大成功哪有那么容易？所以你别难受，慢慢来。

琼波巴就是琼波巴，真实、率性而自主地活着，不为什么而活着。

爱你。

很累了，要住笔了。

我的喉部剧痛不已，不知道能不能撑到你归来？

莎尔娃蒂

回信

莎尔娃蒂，我的亲人：

心疼你。

一定要去看看医生，再做些息灾火供。

不要再为我承接那咒力。对于没有证悟空性的人，那咒力，是真的存在的。它会损害你的健康。

也很想你。心中仍有浓得化不开的感情。你是个好女子，因为有了你，我的人生才多了一份色彩。

虽然我证悟了一点智慧，但你仍是我心中最大的诗意，它成为我仍留在红尘的理由。一想到你，我就觉得生命真的很精彩。

在过去的多年里，我仅仅是被命运流放的一位苦行僧。自遇到你之后，我才算为自己活了一些日子。等走完这段路后，也就到了见你的时候了。我很高兴。希望你能诵读我留下的

那些经，这也算是给我的另一种礼物吧。当你能从那些经中读出一份清凉时，你也就真的跟我相遇了。

我多么希望你能快乐和明白呀。要是因为跟我的相遇，你比以前活得更好一些，那我也就没白疼你。

琼波浪觉

第贰拾封

亲爱的琼波巴：

请拉住我的手。

很久没有写信了。最近，我总是倦怠，似叫人抽干了精力。一来是太想你了，二来是我肯定中了那些人的咒术。那疼痛，更成了我的梦魇。

我老是身不由己地进入一种幻境，总能看到那些咒士们和红司命主坛城。我不知道是不是我的神识已被他们勾摄了？我看到了血酒跟面粉做的那个巨大的三角形供物——就是你叫朵玛的那种。我还看到了黑狗血等其他供物，最扎眼的是动物器官串成的花环。我还看到了你常用的那种金刚铃、金刚杵和人头鼓。

那些咒士们都在禅定中观修、念诵。

因为你是男的，咒士们便将自己观成了男红司命主——要是你是女的，他们就必须将自己观成红面女魔。想来咒士们也怕异性相吸呢。我看到那些红司命主都骑着雄性山羊。

开始，我以为这是我的幻觉。后来，库玛丽告诉我，我看到的，是真实场景。

出现这种情景有两种可能，或是我证得了天眼通，或是我的魂魄被勾摄进坛城了。

我想我是后一种，因为要是我证得了天眼，我便能看到我最想看的你，而不是这些坛城的凶险。

不过，我倒是没有一点害怕。要是我真的能代替你死，也是我最愿意做的事。

原谅我，我还是很想你，越加不可救药了。身体也明显不如以前。我甚至怀疑自己得了绝症，喉部总是剧痛，有异物感。按一位婆罗门的话说，这是由我的语业造成的。

当然，如果相思病也是绝症的话，我早已病入膏肓了。

相思使人老，不要相逢好。

我发现，如果我试着放下你，不在乎你，那么，我就没有办法做事情了。我就像抽空了激情的奔泉，顿时成一池死水了，呆滞，恶浊，了无生趣。我迷恋你的气息，像我离不开空气。没有你，我会窒息的。

我现在越来越明白了，你当初也许并没有真正打算和我走多久。在你的心中，我不过是一次难忘的邂逅而已。你是凡事随缘的人，是我自己决定，要跟你一辈子的。所以，每时每刻，我都在费心费力地留你。我知道，我们之间距离太远，我若不用心留你，让你偶尔回顾，你可能早已绝尘而去了。除了这些努力，我还有什么其他优势呢？！你连生死都看破了，哪还会被一个小女子牵引。

如果上天不让我走下去，那我不明白他为什么要对我如此残忍，既让我认识你，又让你离开我！不知道我会不会成为你的拖累，甩下我，也许你可以走得更快？！

就这样一个人闷闷地坐着。胡思乱想。

我不愿跟你多谈一些在你眼中也许属于机心的事。但我知道，你的未来，要想在弘法事业上有大成，是需要一些助缘的。佛陀要是没有施主和弟子，不可能有后来的那种辉煌。我很清楚我该怎么做。我了解你，知道哪些资源和朋友对你是助缘，哪些鲜花与掌声则可能是拖累或陷阱。宗教之争中的狡猾、混杂、圈套，远远超过我们的想象。我们要以不变应万变，静心做好自己的事。我在寻找真正有远见、有使命、素养良好的人才，若能找到，是大家的幸运；若找不到，我也没有虚度光阴。我现在所做的一切，就是努力让你的声音更大一些，以便引起我们要寻找的那些人的关注。我的思路是，主要向文化高端人士传播，让他们听到你的声音。他们的肯定与推广将会几何式地四向扩散，即所谓“登高而呼”。这样做，既保证了你所需的自由、独立和清净，也实现了事半功倍的效率。否则，就会像你过去在家乡的境遇一样，虽然你的选择是为了利益他们，但他们却宁愿相信谬误。他们更喜欢骗子的假话，甚至还会成为骗子的帮凶来围剿你，在你没完成救赎之前，自己就先累死了。

我已经利用父亲的资源，为你造了许多势。现在，在我和父亲的圈子里，几乎没人不知道琼波浪觉。

我从来没有神化你。我深知你今生的向往与追求，所以，我不顾一切地呵护你的纯净、安详、清凉，这是很多人在绝望、灰心、厌世的时候，最希望看到的自救的明灯。我努力呵护它不被世俗的狂风吹灭——不知道我是否高估自己了，我认为这是我最重要的责任。否则，我就辜负了上天安排我们在一起。

我们只准备好自己，其他的事，让命运来选择吧。

莎尔娃蒂

回信
无

在这个落寞的季节，太阳不会想起一个忧伤的女子。

第贰拾壹封

琼：

我的爱，你可得陪我走出来！

近来，梦里老出现多头插鸡毛和牛角的鬼，我很疲倦。

病痛之魔也老是肆虐不已，让我无法完整地睡一夜觉了。

如果白云能受我支配，我就要它化成你的模样，飘在空中最显眼的地方，我一眼就可以看得见。

夫君，此刻，你去了哪儿？你如风一样悄悄哄我睡着了，你就藏起来了？你回来吧，给我熟悉的眼眸、热切的笑容，还有那重重的脚步声。

秋凉了。我是真正成了长在房子里的相思树，也日渐憔悴了。来看看我么，爱人！难道你忍心让我在秋风里为你老去？

家里是如此热闹，我却烦恼得要命，那些热情的面孔让我感到陌生和厌倦。老是有人献殷勤，我很讨厌，甚至不想去父亲房里了，怕见到那堆让人难受的眼睛。

仍是心闷，闷得让人发慌，那清凉的影儿何时才能归来？

很多话不知怎样说出口了，只是在这样一个阴沉的夜晚，真的好想你！

多想与你喝一杯泡入菊花古剑的浊酒，醉卧在风雨里听一段妙曲，我想与你牵手相依，逍遥尘世，欢颜笑语中，相看老去。可是太阳，我敢抛开一切秋风走近你么？任凭它们怎样的旋转，我不在乎，却在乎你风中翻飞的眼眸。它终究在谁的梦中呢？

天，阴冷阴冷的，也不见半个月儿，心中更加了层愁云惨雾。待可爱的太阳升起，却还有相当的一段距离，这个无月无日的夜晚，莫不是要下一场绵绵秋雨？

仿佛做着一个永远也做不醒的梦，我把心扯在梦里，于是永远是梦的俘虏。

太阳走进了云彩里，天地变得冷清起来，风经不住孤独，终于哭了。

风不是杨柳女子，不会因牵动万物的神经而风情万种。

……吾爱，午后的天气仍是闷，当我从午睡中醒来，抬眼望见的，便是压在窗口的铅色的凝重的乌云，心情更加憔悴不堪了。这浑浑噩噩的日子，我该怎样走下去？该怎样收拾这残败的情绪？一切都是这样的烦躁，和着下水道里的臭气，像是流浪在噩梦里。

打开房门，我走出了这个窒息的所在，沿着那条不太干净的马路慢慢走下去。我想走进巷子深处，一路上释放忧伤的思绪，但不知为何，心很痛，很伤心，这是一种绝望得无法挽回的心情，我不知如何对身边的风坦白……

幸福女神何时才光顾我？我分分秒秒等待她的垂青。我发现自己正迅速地老去。脸上的水红早不见了。

雨开始从忧郁的天空里流浪，泪水也翻江倒海地在脸上流浪。我的双手很无力，握不住一丝儿风雨。在这个落寞的季节，太阳不会想起一个忧伤的女子。

……刚喝了药，歪在阁子里的小床上闭目养神，恍然感觉到一种全新的清醒扑面而来。我是明白了这风的多情。于是，我拉开窗纱，把半身探出去，沐浴这大自然赋予的灵性。风徐徐而来，丝丝入扣，扣住我的心弦，于是我把疾病、思念弹成了一曲惆怅，拖着我悠远的眸子，流放到远方……

小院里各色花拉着藤蔓随风晃荡，父亲顶着花白的头发在院子里停停走走，然后又时不时转身来望着我笑，口中叫："莎尔娃蒂！莎尔娃蒂！"我冲父亲笑了笑，很是哀伤。父亲老矣，身影已像牵牛花爬藤一样蹒跚了，可为了他的所谓使命，仍然风里雨里地四处奔波。

昨天是父亲的返老还童日，家里热闹地进行了庆祝。来了很多人，有官员，有弟子。尼泊尔人认为，七十七岁是人的寿命的极限，当人活到七十七岁七个月七日七时，第一生命便结束了。此后开始的，是另一个新生命。家人不但要把老人当老人侍候，还要当婴儿一样爱护。这一天，我应该高兴的，可是却流了泪。你当然不知道，尼泊尔女人的寿命，平均不到四十岁。父亲虽然高寿，却不能保证女儿能等到她远行的郎君。你当然有着长寿之相，可是我，却发现诸多的病痛开始袭向我了。

我又想到了我的等待，它仍像我流放的忧伤一样不知去向。我能给年老的父母哪些安慰呢？我觉得有些自私或是可于是我把疾病、思念弹成了一曲惆怅，拖着我悠远的眸子，流放到远方……

悲。我为什么要像那静处无人欣赏的莲花一样，在韶华里残败得无声无息？

咒士们边持咒、边抖狗皮的声音又在我耳旁响起了。那种邪恶的声音无处不在，无时不在。我已叫它们腌透了。

我派人找过那位擅长禳解的空行母班蒂，她还没有从外地回来。

我歪在病床上给你写信——我不知道，这还算不算信，它也许只是我的一种自言自语吧。就像那些无助的老太太向梵天祈祷一样，已经不在乎梵天是不是真的能听到了。

我不知道我的灵鸽在哪儿迷了路，也许，它跟你一样，已忘了在遥远的天边，还有个望眼欲穿、苦苦期望的女子。

莎尔娃蒂

回信
无

第贰拾贰封

琼：

午觉醒来，神情恍恍惚惚，房子里静极了，喧闹的世界似乎遗忘了这个角落。我躺在床上，身心还很疲倦。一只大大的苍蝇不知何时闯了进来，在房间里嗡嗡叫，为这寂寞的空间更平添了几分寂寞。我突然急躁起来，焦急不定。侧耳倾听院中，也是一派死静。我一骨碌爬起来，想下床可又不愿挪动身子，只任那发狂的情绪在心中流淌……

突然我想到琼，那个熟悉的影子就一直在眼前晃动。多少个日月了，一想起他，心中才不发慌。某个瞬间，我十分肯定地认为他必定在某个所在等我了，肯定。他已等了很久。这种想法催促我快快穿衣，快快动身，快快去见他。刚穿了一只鞋，又觉出了自己的荒唐。我想，他也许早忘了我。于是，心成了一座孤寂的坟，不再焦急，不再彷徨，仰面一跤，重重地倒在床上……

恍然间，秋风又凉起来了。那凉意，为父亲的身影添了萧然。我站在门口，送父亲上路，深秋的黄昏更使我泪流满襟。我看见父亲那凄然的转身中，映衬着多少风雨沧桑。父亲蹒跚的身影被秋风吹得冷冷清清。

父亲老矣！如霜的白发，刺得我满眼伤痛。我只能面对泣诉的秋风转过身，擦去满眶的无奈的泪水。

莎尔娃蒂

回信
无

一种古老而永恒的感觉轻轻地叩击着我的心扉，很遥远，却又那么熟悉。

第贰拾叁封

琼：

天空润润的，像要下雨。我喜欢下雨的日子，冷冷清清，淅淅沥沥，仿佛是诉不完的悲凉、剪不断的幽情。多少违心的往事，多少心底的烦恼，都被雨丝梳散了。

卷起裤管，撑起素色的雨伞，陪着母亲，漫步在雨雾里，去女神庙，寻找那埋掩了千年的梦……细碎的雨丝打湿了我的双眼，睫毛朦朦胧胧，朦胧里又映出你的笑颜。唉，不想他了。

小时候，每逢下雨的日子，母亲总要炒上喷香的豆儿，我们偎依在一起，听父亲讲那永远也讲不完的大成就者的故事……多少醉心的思念，伴随着我成长的脚步，风风雨雨中，这份记忆竟毫不褪色。

虽然一切的希冀都仍是泡影，我不忍心伤害母亲，总是强颜欢语。

女神庙很是热闹，我的心更加烦躁。眼前的一切，都是灰色的影子。这时，我想起那一个个在大街上流浪的疯子们。在他们的脑海里，天地间所有的东西是不是也这样若有若无、虚虚幻幻呢？我想，我快要疯了。

在青烟缭绕的香炉边，母亲的白发牵着傍晚的阳光格外醒目，那是饱经风霜的见证。女神庙内，人影绰约。母亲拉着我的衣袖，像拉个孩子，不容我离开她半步。在大殿门旁，趁母亲仰望古槐的当儿，我恶作剧似的溜开，在静处偷偷回望，见她一副惊慌的样子，不住地往人群里张望，好像不慎丢失了一个刚会走路的孩子。寒风中的母亲，显得那么瘦弱、孤单。在那一刻，我明白自己已成了母亲的依靠。看到我，母亲重重地舒了口气，润湿而委屈的双眼里闪出一丝欣慰。母亲又拉紧了我的衣袖，我的泪像决堤的海水汹涌而来……母亲也老了。现在，她离不开女儿了，一会儿不见，也是牵肠挂肚的思念。如今，母亲最害怕寂寞、孤单，只要我能伴在她身边，她就有了无形的力量。归来时，母亲仍然孩子般地拉着我的衣袖，我也紧紧依偎着她，一种古老而永恒的感觉轻轻地叩击着我的心扉，很遥远，却又那么熟悉……

莎尔娃蒂

回信
无

千轮万回里，彷徨的
脚步踩碎了多少个季节。

第贰拾肆封

琼：

……年老的父母，掐断了我寻觅的心。

这是一份怎样的心情，我不知该怎样说出。苦恼烦乱拧成一张难解的网，网里罩着命运的狞笑。我举目远眺窗外的天空，那里是滚滚翻腾的乌云，它正满腹心事地洒下无穷尽的雨，我能把哀怨、忧伤寄予它吗？

雨缠缠绵绵、淋漓尽致地洒下来，一阵紧似一阵，仿佛是乌云向远离的爱人哭诉的悲声。这使我黯然泪下了。想起曾经令我心碎的那个人，那段情……可是到头来，所有的承诺、所有的等待都是镜花水月……突然间，觉着心中那坚固的东西轰然倒塌了。我的每一根神经都在迅速衰老，每一滴血液都在迅速干涸……

没有料想到，人生竟是这般难以逆料。一路上有谁？是风？是雨？

桌上的那瓶鲜花也败了，每片花瓣都浸透了苦涩，像一只只绝望的蝴蝶，忧伤地停在枯草上，等待最后的风雪……我的心好痛。我想，虽然我深爱鲜花，却不应断送它的红颜，而应把它插在灵魂深处，和我一起浮沉，共渡潮来潮往，直到我颜容失色、血脉无息的那一日……

回头看看昨天的故事，才发觉真情是一段姻缘的结。千轮万回里，彷徨的脚步踩碎了多少个季节，你我在追寻着什么？我惯看了韶华的寂寞，竹篱边，对酒当歌，多少感慨，多少悟，冬季已惨然褪色！留住你的脚步吧，无奈双眼容不下；装下你的身影吧，为何心情不融化？刻下你的笑容吧，不慎已被风吹化；拥抱你的爱意吧，泪花无语，飘白发！

走过了许多个日子，寻寻觅觅，却再也找不回昨日的那片云……

昨日的那片云啊，是谁把你吹散在风里，蓦然回首，只剩下千丝万缕的伤感。总是在万家灯火的时辰，梦见你褪色的足迹，踏着一路欢笑一路心雨……昔日的云儿啊，我与你邂逅在白色马鞭草浪漫的季节，为此，绿了杨柳，枯了白沙。

莎尔娃蒂

回信
无

总是在万家灯火的时辰，梦见你褪色的足迹，踏着一路欢笑一路心雨……

第贰拾伍封

琼：

房间里寂静、沉闷、空虚。我打开窗户，等待你的归来。

五月的阳光淡淡地洒在窗外的黄麻叶上。清风阵阵扑来，深情地吻着这些阳光下的叶子，它们在阳光里快乐地手舞足蹈了。看着它们，我觉得自己像是早已残败枯死的秋花，只等偶尔的一阵振动，便要惨然落地，被人踏在泥里，永远销声匿迹了。

母亲蹲在阳光下，借着这暖洋洋的日子，清理一些花椒之类的作料。她抖抖闻闻，仔细看是否被老鼠打搅过。看着她的身影，我突然感觉到生命的空虚、无聊，一种焦急、狂乱的感觉直向我涌来……

我立在屋内，把头完全伸出窗外，清灵灵的世界又回来了。我盯住一片散落在黄麻叶上的阳光，它闪烁不定。我仿佛置身于孩童时的一个亘古的梦中，那里是一片残墙断壁的旷野，黄色的土中生长着一簇簇寂寞的花。记得，在一段矮矮的土墙下，身心疲惫的我蹲了下来，从泥土里挖出各种各样的小泥碗，打量着，打量着……

莎尔娃蒂

回信
无

第贰拾陆封

见信如面
JIANXIN RUMIAN

亲爱的琼：

月色朦胧，我心凄凉。对你的思念，仍在月下撞击我的心。我不敢正视镜中那苍白的憔悴不堪的面容。有时的夜中，也会出现你寻觅的眼眸。我却没勇气正视，我怕我流泪。那双眼睛像清泉，荡漾着永不干涸的清凉，也像是在诉说那些地老天荒的誓言。我怕被那眼中的情思缠绕，就尽量不去望它。

我把眼神停留在夜的尽头，心却是奇异地疼痛。

窗外直立的高树没有灵气，那被窗口切割的一片天空倒是很吸引人。天空润润的，像要下雪了，我一凝眸，心就骤然潮湿起来……

我为什么一定要去追赶你沧桑的梦呢？这沉重的思索令人好疲惫。难道仅仅为了一个不经意的回眸？或是为了一次无谓的邂逅？我心如蚕茧，裹在厚厚的壳里，早已领略不到清凉。

总是心痛，总是在心痛之后万念俱灰。

太阳，你为什么总躲在你的世界里？太阳，也许我错了，我真的追不上你沧桑的眸子漂泊的心。

你的天空也在哭泣吗？在这个经过变迁的冬季，一切话总是多余。每每在痴呆里晶出的，总是你憔悴的面容和孤独的心。黑夜里独自彷徨的你呀，可知，你是我命中无休止的歌。我的情为你停留，心为你等待，你为什么不回来牵我的手呢？

你会想我吗？没有你，日子一片空白。伫立月下，想你孤独跋涉的身影，心便禁不住地痛，牵扯出一缕缕浓得化不开的情愁。

雪丝儿无声无息地飘着，落在地上融化成水。雪花等了一冬了，难道也没等到所爱，便只能绝望地哭泣吗？

莎尔娃蒂

回信
无

而今，情也许是

纯情，却左也伤痛，

右也伤痛。

第贰拾柒封

琼：

冬季的夜晚静得让人打盹儿，推开半掩的小门，一股寒流扑面而来。我浸泡在黑夜里，深情地思念你。

如果你仍是我昨日清爽的风，那绽放在心头的玫瑰花就不会凋谢了。而今，情也许是纯情，却左也伤痛，右也伤痛。生命中的真爱就一天天憔悴吧。琼，你是否觉察到，你的人生路上将要失去什么了？

连月来常常失眠，灵魂被一种无形的爱恨日夜纠缠着。心是那样的疲惫，往事直向心砸来。我如同佛陀苦行般地艰难回味着，思索着。夜半的月光白孤孤地照着整个院子，我的小屋破落萧条地裹在寒气里，像一座坟墓。生命是无常的。一切繁华远去了，剩下的只是荒凉、苦涩。我是坟墓将来的主人。

往日的温情折磨人。我以为死了倒还干净，挣得个痴情种子的名分，强胜于浸泡在失落凄惨的心境里。

夫君，许久都不曾这样呼唤你了，今夜却异常想这样呼唤你，一直呼唤到天明，一直呼唤到永远。

我是一颗孤独的寒星，常常在凄凉的月色里呼唤你。爱人！爱人！你在何方？你的梦里可否有我的笑靥。我想你是很累的，你早已静静地走入梦河了吧？

我的琼，我很想变成一只萤火虫，轻轻飞进你的窗口，去吻你熟睡的泛着神光的脸庞。我想停在你的耳边，对你唱一夜的情歌，消去你所有的疲倦。

爱人，想你的时候，热泪就会打转。想你的时候，空行母就在我眼前飞翔。

老是叩问命运，为什么酿成了一段无法聚首的苦恋？那前世的约定，为何化作了今生这场无法期待的风……

爱人，我的琼，我在寒风中呼唤你！

莎尔娃蒂

回信

无

你是我梦里重复的故事，你是我耳边辗转的叮咛……

第贰拾捌封

亲爱的琼：

虽然我没法将信带给你，但我还是忍了疼痛，坚持给你写信——就当是一个孤老婆子的朝圣之旅吧。

我觉得我老了，至少，我的心老了。我觉得自己走不动了。

半夜里，我又被梦中的诅咒声和抖狗皮声吵醒了。近来的噩梦中，那些咒士老是入梦。在梦里，他们总在抖那张狗皮，声音很是难听。

这段日子，老是这样。心境惨淡。

下雨了，就凝了神，听那夜雨打瓦的声音。

又是一夜风雨，催我泪下，沾湿了耳边的枕巾。那熟悉的雨声，越敲越紧，我有些恐惧。记得不？就是在这样的雨中，你曾忘情地为我唱过一首忧伤而美丽的藏歌。

偶然间想起昨天的故事，我又禁不住泪流满面，无力的双手捻起思念的长线。吾爱，你在他乡还好吗？

也是在这样的雨季，在这样的雨中，我曾眯着笑眼，咀嚼着甜甜的玫瑰花瓣，度过那段最快乐最幸福的时光……无法说出的感觉，飘在夜半的雨里。

暮色苍茫，飞雪飘零，踏着一路萧瑟的寒风，我独自在寂寞里辗转徘徊。

心爱的人，你为什么还不回来？难道要我化成雪夜的一株寒梅？我的梦里不会出现你的柔情，我的眼里可还有一丝温柔为你等待？心爱的人，想起你，就会让我想起一些歌，想起你我相处的岁月，在片片回忆里，我勉强地活着……

我是飘零在夜中的一朵雪花，一路寻找熟悉的影子，一路思念，一路展望……

你是我心底深刻的烙印，你是我眼中唯一的身影，你是我梦里重复的故事，你是我耳边辗转的叮咛……你走了，你总是让我等，这样渺茫的守候到何时才是尽头？吾爱，我这一辈子是不是就像金丝鸟那样被关在精美别致的笼子里，一生等候，永远孤独？！

莎尔娃蒂

回信 无

第贰拾玖封

见信如面
JIANXIN RUMIAN

琼：

琴声悠扬地荡漾在除夕的夜，雅静，忧伤，仿佛在为我心头凝结的思念作一曲流放的引子。

心如断线的风筝，飘飘荡荡，随风起落，牵扯着心弦上的风景，很是沉重，很是伤痛。暮色里，遥望苍穹，月如钩，星如碎银，似乎都为思念所累，一派忧伤、孤寂，和着我相思的泪痕，一切都在长长的等待里坐化。

吾爱，你也想我吗？你能不能心有灵犀跟我说句温馨的话？

暮色中，我偎依着那间亲切的小屋，心中却一片空白，那漆黑的窗户犹如你憔悴的眼……莫名的怅惘，令我心中一片苦楚，泪水决堤似的汹涌而来。离开了你，我几乎做了寂寞的俘虏，一口清淡的茶都无心思咽下，只有紧紧靠住这温馨的小屋，才会感到一点点安慰。这间小小屋啊，你曾凝聚着我多少梦幻、多少深情！在你的微笑中，我度过了二十多年的相思，在你的臂弯里，我欢笑，我哭泣。是你，为我遮挡了世俗的风风雨雨，是你，为我舒展了青春的长发。

我的小屋啊，你与我息息相通，不管人心如何变迁。寂寞时，只有你默默陪伴我，给我依靠，给我温暖；孤单时，我只对你诉说心声。小屋啊，你的怀抱溢满斩不断的柔情、无法拒绝的温馨。纵然在雪花飘飞的冬季，你也灿烂如昔。我忘不了你的眉、你的眼、你的沧桑和改变。小屋，你永远微笑在我的生命里！

莎尔娃蒂

回信
无

每当飘起这断魂的清明雨，我便是雨中断魂的人。步入雨帘，凝眸四顾，我在雨雾里找寻你的精灵。

第叁拾封

亲爱的琼：

这等悲凉，这等缠绵，窗外飘的是清明雨。

疼痛已成了我摆不脱的梦魇。

忍着肉体被撕裂般的痛，我从屋里慢慢踱出来，心中冷清。每当飘起这断魂的清明雨，我便是雨中断魂的人。步入雨帘，凝眸四顾，我在雨雾里找寻你的精灵。

今世你会不会再来？我至真至纯的爱人。你踏着历史的风尘走入另一个世外桃源，我也曾经历一千次的生死轮回，你总该明白我今生等待的心情吧？

至爱，请你静悄悄来罢，乘着这三月清明的雨，来到南窗下看一看我，你已让我的红颜在春光里凋零了。尽管我知道你坚硬如岩，但我仍爱你沧桑的额头憔悴的心！

空气是这样沉闷，我烦躁不安地在院子里徘徊，泪水缓缓流下来。何时我才能结束这样的生活？小屋空了，我还是去看看它罢，我最深的爱就藏在那里。打开房门，熟悉的气息迎面扑来，令我惊喜，令我伤心。这里不再有我心爱的花草，这里不再有小巧的书桌、简单的床铺……这里的你到哪里去了呢？再没有温馨的人为我冲一杯淡香的清茶了，再没有人与我共读那淡如清茶的岁月了！伫立斗室，无数个美丽的红尘日夜一齐涌来，浸满我彷徨的心灵……

潮退了

海边的贝壳

已被人拣拾

从此

那段风化的往事

你是否还会提起……

琼，昨夜又下雨了。

清晨醒来，夜色还没散去，窗外仍一片灰黑，但我知道天快亮了，因为止痛药的药力已经退去了一段时间。那疼痛像涨水一样，在不知不觉间一层一层地漫了上来，一层一层地驱走我的睡意。我已经习惯每天以这样的方式醒来，每天这个时候，我就会知道，新的一天又开始了。

窗外时不时吹来清凉柔和的春风，窗帘也被吹得迷迷欲醉，像姑娘随风摆动的裙脚一样，伴着风的节拍幸福地一飘一荡的，真是舒服极了。要是没有病痛，这会是多么惬意美好的清晨！不过即使有病痛，这样的清晨还是美好至极的。若是在以前，这是我睡意正浓的时候，迷糊间被这凉风拂扫几下，我肯定会裹紧一些身上的被子，再翻个身，让肌肤和柔软的薄被摩挲出一片温柔，然后心满意足地进入另一个梦乡。

但这已经成为过去了，现在我要赶紧起床，开始紧凑又忙碌的一天。疾病让我真正意识到生命正像电光石火般地飞快消失，意识到光阴稍纵即逝。光阴就像我握在手里的水流，无论我怎么紧握拳头，我都抓不住它，也留不住它。我不想等到有一天睁开眼时，忽然发现自己已成了阴间的一缕清风而空余憾恨。

我想做的事情有很多，首要的就是让自己恢复健康，这样我才能陪你走一辈子。我想，等我身体好的时候，到了春暖花开的季节，你也该回来了，我们可以一起去雪域高原，这是多么诱人的梦想。在我的期盼中，还有很多很多地方等着我们呢。

所以，为了战胜病魔，让自己健康起来，我几乎放弃了其他的所有追求和目标，我也不再像过去那样，要求自己要变得多么出色和完善了。我将全部生命和精力，都倾注到延长生命当中。每天我都很忙碌，但所有的事情不过就是熬药、喝药、练功、做饭、吃饭、睡觉和看看书而已。

日子每天都在单调和琐碎中周而复始地过去，心仍有不甘的时候，想到要陪你一辈子，我就甘了。还有什么放不下呢？我的心愿不就是把整个世界都从心里清扫出去，只留给你一个人么？

你说利众先从身边的人开始，先让自己身边的人开心快乐。你确实是这样做的，我看到你身边的每一个人，都因为你的慈悲和智慧而得到了清凉、快乐和满足。待在你身边的时候，我也总觉得自己没有一点热恼，只有安详；没有焦渴，只有清凉；没有欲望，却有涌动的喜乐。我相信，这世上，无论心里心外，都没有比这更殊胜的净土。

雨后的春美得有点萧瑟，既清明又忧郁，既柔弱又坚强——怎么像在说我自己呢？呵呵，看来世界果然是心的折

潮退了，海边的
贝壳已被人捡拾，从
此，那段风化的往事，
你是否还会提起……

射，不同的心，看到的世界必然是不一样的。不知道此刻你看到的又是怎样的春呢?

耳边萦绕着若有若无的药师佛心咒。这咒声，已经渐渐随风潜入夜，常常潜到我的梦中去了。深夜半睡半醒间，尤其是在药力作用下身体最沉最重的时候，所有生命的气息都寂寥熄灭了，唯有两股生命力，我能感觉到它们像地下的暗流一样仍汩汩地蠢动。一个来自那疼痛的邪魔，它并没有被消灭，它只是被暂时催眠了;而另一个便是伴随着药师佛心咒，仿佛是从很遥远的地方传来的爱的呼唤。

这是你给我传的心咒，在我心中，你和药师佛是无二的。这世间，没有比你的爱更好的药了。心咒和那缥缈着虹光的莲花灯，在我空寂的世界里，已经成了你余留下来的气息，陪伴我度过一个又一个漫漫长夜。

记得以前，你常常叫我开心些，尽管开心对我来说不是容易的事情，但只要每次你对我说，我都觉得很甜蜜，因为我知道这世上还有一个真正在乎我开不开心的人。

谢谢你为我做的一切！包括我所知道的以及我不知道的，每每想及，心里都会抽疼……

健康和快乐也许就是对你最好的报答，还有，永远爱你！

莎尔娃蒂

回信
无

第叁拾壹封

琼：

昨夜又下雨了。

清晨醒来，夜色还没散去，窗外仍一片灰黑，但我知道天快亮了，因为止痛药的药力已经退去了一段时间。那疼痛像涨水一样，在不知不觉间一层一层地漫了上来，一层一层地驱走我的睡意。我已经习惯每天以这样的方式醒来，每天这个时候，我就会知道，新的一天又开始了。

窗外时不时吹来清凉柔和的秋风，窗帘也被吹得迷迷欲醉，像姑娘随风摆动的裙脚一样，伴着风的节拍幸福地一飘一荡的，真是舒服极了。要是没有病痛，这会是多么惬意美好的清晨！不过即使有病痛，这样的清晨还是美好至极的。若是在以前，这是我睡意正浓的时候，迷糊间被这凉风拂扫几下，我肯定会裹紧一些身上的被子，再翻个身，让肌肤和柔软的薄被摩挲出一片温柔，然后心满意足地进入另一个梦乡。

但这已经成为过去了，现在我要赶紧起床，开始紧凑又忙碌的一天。疾病让我真正意识到生命正像电光火石般地飞快消失，意识到光阴稍纵即逝。光阴就像我握在手里的水流，无论我怎么紧握拳头，都抓不住它，也留不住它。我不想等到有一天睁开眼时，忽然发现自己已成了阴间的一缕清风而空余憾恨。

我想做的事情有很多，首要的就是让自己恢复健康，这样我才能陪你走一辈子。我想，等我身体好的时候，到了春暖花开的季节，你也该回来了，我们可以一起去雪域高原，这是多么诱人的梦想。在我的期盼中，还有很多很多地方等着我们呢。

所以，为了战胜病魔，让自己健康起来，我几乎放弃了其他的所有追求和目标，我也不再像过去那样，要求自己要变得多么出色和完善了。我将全部生命和精力，都倾注到延长生命当中。每天我都很忙碌，但所有的事情不过就是熬药、喝药、练功、做饭、吃饭、睡觉和看看书而已。

日子每天都在单调和琐碎中周而复始地过去，心仍有不甘的时候，想到要陪你一辈子，我就甘了。还有什么放不下呢？我的心愿不就是把整个世界都从心里清扫出去，只留给你一个人么？

你说利众先从身边的人开始，先让自己身边的人开心快乐。你确实是这样做的，我看到你身边的每一个人，都因为你的慈悲和智慧而得到了清凉、快乐和满足。待在你身边的时候，我也总觉得自己没有一点热恼，只有安详；没有焦渴，只有清凉；没有欲望，却有涌动的喜乐。我相信，这世上，无论心里心外，都没有比这更殊胜的净土。

雨后的秋美得有点萧瑟，既清明又忧郁，既柔弱又坚强——怎么像在说我自己呢？呵呵，看来世界果然是心的折射，不同的心，看到的世界必然是不一样的。不知道此刻你看到的又是怎样的秋呢？

耳边萦绕着若有若无的药师佛心咒。这咒声，已经渐渐随风潜入夜，常常潜到我的梦中去了。深夜半睡半醒间，尤其是在药力作用下身体最沉最重的时候，所有生命的气息都寂寥息灭了，唯有两股生命力，我能感觉到它们像地下的暗流一样汩汩地蠢动。一个来自那疼痛的邪魔，它并没有被消灭，它只是被暂时催眠了；而另一个便是伴随着药师佛心咒，仿佛是从很遥远的地方传来的爱的呼唤。

这是你给我传的心咒，在我心中，你和药师佛是无二的。这世间，没有比你的爱更好的药了。心咒和那缥缈着虹光的莲花灯，在我空寂的世界里，已经成了你余留下来的气息，陪伴我度过一个又一个漫漫长夜。

记得以前，你常常叫我开心些，尽管开心对我来说不是容易的事情，但只要每次你对我说，我都觉得很甜蜜，因为我知道这世上还有一个真正在乎我开不开心的人。

谢谢你为我做的一切！包括我所知道的以及我不知道的，每每想及，心里都会抽疼……

健康和快乐也许就是对你最好的报答，还有，永远爱你！

莎尔娃蒂

回信
无

第叁拾贰封

琼：

今天仍是很想你，很想给你写信——我怕万一我走之前来不及给你写信，告诉你我的心里话，我会后悔死的——心中忽然汹涌起千言万语，它们毫无逻辑，毫无秩序地往外喷涌，我这才知道原来自己有那么多的话想对你说。随之想起这么多年的等待，还未动笔就忍不住大哭了一场——因为，我知道，我一生也离不开你了。没错，你曾说过同样的一句话，这是最让我心醉的话了。

其实，我也不知道要跟你说什么，该说的，我都说了。现在我想说，有你陪伴和爱的那段日子，是我一生中最幸福快乐的时光。以前我觉得最幸福快乐的时光是童年，但我现在已经不这么认为了，童年并没有那种满足和甜蜜。光是想到你的言笑和我们在一起的任何一个细节，都足以让我陶醉很久了。

谢谢你！让我尝到了人世间最美好真挚的爱。我现在明白，如果活一辈子都没有真正爱过，那真是很可悲，那真的是白活了。没有爱过的人，不知道爱的美。为了这美，怎么活，怎么死，都是值得的。

与你相遇，让我认识到生命中的浪漫。促成这浪漫的，是缘分。它让我们，竟然跨越了这么长、这么宽的时空相遇，并且相爱了。“缘分”真是一个不可思议和充满无限可能的生命链条，它对我来说，甚至抵消了“一切都在迅速消失”的消极和惆怅，因为“缘”有它自己的生长轨迹，并不跟随“一切”消失而消失。正因此，我才对命运有了期盼和向往，我才不再害怕死亡把我们分开。我相信“缘”一定会让我们永远在一起的。不过尽管不害怕，但想到死亡的逼近——我越来越能感受到死神的虎视眈眈和逼近的气息了，也许，这也是让我尽快放下执著和珍惜每一个当下的提醒吧——还是会让我心寒了，因为无论以何种形式与你分开，我都舍不得。

你曾告诉我，有牵挂就走不掉。请你告诉我，如何让我放下对你的牵挂，开心快乐地离开？我能做得到吗？

我现在才知道，爱上一个人，是会让自己随时产生钝石钻心的痛的。当我想起你的某句话，某个眼神，或是我自己臆想你的某种想法而常常产生这种痛感时，我就知道自己在真正爱着你。

这种痛感太熟悉了，但过去它只出现在我的幻想中，那时的对象都是虚幻的。空虚的时候，我想让那痛的情感出现很容易，熄灭它也很容易——就像吹灭一根蜡烛那么轻而易举——这些情感从来不曾占据我的内心，它们只是情绪的过客而已。现在却完全不一样，内心已被它完全占据了，这种占据是霸占性的，它想占据多少空间，占据多长时间，怎么折腾，都完全在我的控制之外。

爱上你后，除了痛，我还品尝到一种前所未有的甜蜜，它让我有了存在感。我才明白，为什么说一个人得到真正的爱后，这辈子就死而无憾了。只有深爱过的人才能读懂这句话背后巨大的满足和幸福。我已将这爱当成赖以呼吸的空气，我不知道这种依赖和成瘾的后果是什么。当然，我再不愿去考虑什么后果，我不要它扼杀这份爱的真挚和甜蜜。但是，我却依然怕自己失控，一直以来习惯了理性和压抑自己的我，总是担心自己会失控在对你的爱中，总怕它会给我带来痛苦——一种我无法自制和终结的痛苦。你说在我的背后总是带着一双窥视的眼睛。是的，我也看见它了，但它其实是一个强撑坚强的孩子，它伪装出的淡然和世故都不过是为了掩饰它的脆弱和胆小。我知道，正是这道自我保护意识的壁垒，阻隔了两颗本来可以自由相拥的心。

忽然很想大哭一场，说不清为什么，也许是想释放一些情感，一些长久的压抑，也许没有目的，只因为胸堵得慌，泪和清鼻水自己就渗了出来，它们也矛盾在压抑和释放之间。我深深吸了几口气，试图把它们牵出来的酸意吸回心头去。

我不知道这算不算是一封情书——虽然我仍感到压抑，不知道怎样才能完全释放内心的情感，因为理性像一根看不见的细绳时不时就勒一下我的心。我相信你比我更能体会这种压抑的难受，尤其是它无处释放、无法释放又面临极限的时候，它快让我窒息了。

爱你！让我说吧，让我尽情地投入这爱吧，让我完全地失控吧——这是我心底的呼喊。可我仍需要战胜那囚禁我天性的理性，你说得对，那是一种习气，那是我的女神生涯给我留下的习气——当我意识到这一点时，那涌动着无穷生命气息的大乐焰火似乎已雀跃在我眼前。

让我继续说爱你吧。我发现每次鼓起勇气说“爱你”时，总能牵出荡漾在心头的甜蜜。虽然那钝石钻心的痛因为我的矛盾和压抑，常常被我压制下去，但为了迎接自己对你的敞开和对你失控的爱——我打定主意让自己跳进那大乐的欲火了——从现在开始，我愿意它随时随地降临。

真的很期盼那大乐的欲火把我烧成灰烬。

这些好不容易吐出来的话，既然流出来了，我还是记录下来吧，作为我爱你的凭证。

爱你，生生世世！

莎尔娃蒂

回信

无

第叁拾叁封

我的琼：

每晚，我都要静静地躺在床上，耐心地等待药力发挥作用。有时候，我会想，如果今晚药力不起作用怎么办？

这问题的背后是心的无底深渊，里头藏着病魔得逞的狂笑。

我并不愿意往那漆黑的深渊里头张望，那只会削减我战胜自己的信心。你常叫我多想想健康，多想想我们的诺言。奈何健康和诺言离我的距离是那么远，不但远，我还感觉它们正朝我的反方向奔跑着，它们铃铛般悦耳的笑声，只有你在身边的时候才显得触手可及；疼痛和死亡却老在眼前晃，像两座黑压压的大山挡在我的面前，把健康、诺言和一切快乐阻挡到我看不到的地方。

当疼痛像海啸一样铺天盖地地啸卷而来时，我经常会陷入悲观中不能自拔，因为这时候我既无处可躲，也无处可逃，如同死神网中的猎物。我尝试观修，但专注不到片刻，那冲晕脑袋的痛便把我绞得心神不宁，心感觉被疼痛挤压得快喘不过气，半个身子也烧得滚烫。想起你说一切很快就会过去，和你在一起的时候，无论我怎么珍惜和尝试捕捉每一个当下，快乐的时光总是过得飞快，但在这除了疼痛之外一切都显得百无聊赖的时刻，时间却像停滞了下来，哪怕是一会儿，也变得非常的漫长……

这个时候，我多么希望有你在身边，即使不能消解疼痛，起码我不会觉得孤寂；但我又不想告诉你我的难受，我希望自己带给你的，永远都是快乐和吉祥。

我总是夹在矛盾当中，就跟吃药一样，我一边要吃治病的药，一边却要吃对身体的伤害程度犹同慢性毒药的止痛草药——它已经让我上瘾了，但我别无选择。命运就是这样，在可以选择的时候，我和很多人一样，不懂得选择，到明白时，通常已没有选择的余地了。看着身边还在挥霍身体耗费生命的人们，我真替他们感到着急和心痛。我想，我终于能理解你的孤独了，当这个世界只有一人清醒的时候，就算你喊破喉咙，别人也是听不见的。

当没有尽头的疼痛日渐成为我生命的常态时，我总是想到死亡，我带不走一切，包括你曾送我的、我视为比生命还珍贵的一切，无论我怎么珍爱它们，我都不过是保管它们的其中一个过客而已。所以，对于一切外物，我都从心里把它们放下了。唯独放不下舍不得的是你，但你算外物吗？然而我又能留下什么呢？生命还有多长时间能让我给世间留下一些痕迹，即使仅仅是爱你的痕迹呢？对我来说，现在最有意义的事情，就是让自己在你的生命里盘根。

疾病的磨难，让我看见死神和我是如此的靠近，但它何尝不是如此贴近每一个人呢？就像你说的，死神是我们每个人的影子，自始至终都跟我们如影随形，但唯有光明出现的时候，我们才能看见它的存在。每当死神和那些诛坛中的魔出现在我面前，我看见它们咧着嘴朝我笑时，我就马上想起自己还有什么事情没做而要赶紧去做。我发现，自己还不得不感激它，尤其该感激让我时刻“清醒”于当下的疼痛，死神常常都是被持续不断的疼痛牵出来的。

麻药起作用了，我慢慢感到身体有点沉了，刚刚还很狂躁的疼痛不知什么时候开始已像退潮一样渐渐退下去。这种感觉真好，像海浪过后，海面上升起了一面朗月，心这时候才开始感到平静。我安详地让黑夜像水流一样漫进身体，我的身体于是变得越来越重，像一直往海底下沉……

莎尔娃蒂

回信
无

总以为心中的倩影已化虚空，总以为来生的相约已成往事。

第叁拾肆封

琼：

现在，我的喉咙脆弱得就像婴儿一样。

稍硬一点的食物如米颗子、菜叶子都会磨损它，带来巨大的疼痛。每一次咽津，都要提前做好抵御疼痛的准备，因为吞津这小小的动作，对于我的喉咙来说，都有如翻江倒海。口水的轻轻流过都会引发钻心的痛，所以我不能说太多的话，说得太快和大声说话都不可以。我需要时刻注意着尽量让津液缓缓地流过咽喉。但即使完全不咽东西，疼痛也不会消失，它会在我半边脑袋里的某个地方，深不可探处，一晕一晕地传出来。偶尔在毫无预备的时候，那本来还算平缓的疼痛还会像突击似的刺痛几下——我无法形容那种“恶痛”的感觉，既像伤口突然被钳子钳了一块肉的那种突然爆发的刺痛，又远远不止这么简单——我全身的神经都会被这恶痛抽动。这时候，再好的情绪都被痛搅没了。

对于疼痛，平时我能做的只有轻轻地揉压耳朵，像爱抚一个做了错事的小孩儿一样抚慰那痛处，不知道是心理作用还是真的有效，起码每次揉压后，我都感觉疼痛会稍缓一些。所以我总时不时就揉耳朵，这成了我和身体对话沟通的一种方式。

现在，我已经不能随意打哈欠了，即使是我困到极点，我感觉一个哈欠要泛上来的时候，就得马上调动全身的力量去抵御它，最好能把它压回去。要是压不回去，那好不容易保存起来的一点精力就会消耗在哈欠后整个头颅像被撕裂般的粉碎性、爆炸性的疼痛中。除了打哈欠，咳嗽以及打喷嚏的结果也是一样的，不过比较起来，最难受的还是打喷嚏，因为哈欠和咳嗽还能控制，有时候甚至能压下去，而喷嚏却不行——所以我常常担心自己伤风，我不敢想象连续几个喷嚏会是什么后果。

另外，我对食物也产生了抗拒，有时候甚至连水都不想喝了。每到吃饭的时候，我都觉得有压力。除了因为疼痛消解了我的食欲——虽然过去我很贪吃——吃的过程本身对我来说就是一个折磨，从入口到咀嚼到吞咽，每一个细小的动作我都得小心翼翼，但尽管再小心，都无法避免每一次吞咽引起的疼痛。而且如果稍不小心，一旦有一点食物卡在咽喉，就会好多天都下不去出不来，可能引发新的伤口和延绵不断的恶痛。

晚上睡觉，从几个月前就开始，我每天都得吃两服麻醉草药，刚开始好像还有点作用，但现在好像也越来越没效果了。而且，我不能侧睡，因为伤口在喉咙的右边，右侧睡正好会挤压伤口；也不能左侧睡，这样我的左边鼻孔堵塞，从右边鼻腔进出的空气会像刀子一样刮我喉咙上的痛处。我只能平躺，但有时平躺久了喉咙又会发痒，拼命想咳嗽……所以晚上睡觉我是很不安宁的，几乎每天晚上都睡得很浅。

过去常听人说“能吃能睡就是最大的幸福”，我从来没把它放在心上，现在才真正品味到这句话里的大智慧，但我不知道，说出这句话的人是否也有着跟我一样的感慨和无奈？

当一个人连基本的生存都很艰难时，信念和意志真的是会很容易被摧垮的。我也常常会想，这样活着有什么意思呢？若不是信仰和爱的力量，我想自己早对这种非人的折磨投降一百次了。

我深知，你定然希望我好好地活下去，库玛丽和其他的人也希望我很好地活下去。我没有权力结束这承载着无数人期待的生命。活着有没有意思不要紧，因为活着本身就是最大的意义。

只是，前路茫茫，真怕自己熬不过去。

莎尔娃蒂

回信
无

第叁拾伍封

琼：

黑暗中，我被那熟悉的痛叫醒了，它粗暴地把我从梦中拉回了现实——疼痛已经进入到我潜意识的深处了，哪怕在梦中，我也常常会忆起它平日狰狞的样子。很多时候，我是被痛的幻影惊醒的。

忘了从什么时候开始，我开始对这种粗暴的方式习以为常了，因为每夜它总要唤醒我很多次，慢慢地，我就学会了在黑的浓稠中分辨时间。

我最喜欢醒来后还在深夜，痛感仍在药力的作用下被麻痹着，昏沉着。我就像带了一整天镣铐的犯人，只有这个短暂的片刻，才能享受一下解开镣铐自由地舒展身心、让全身每个毛孔都愉悦自在地呼吸的美好。不过，这时候，药效使我的全身变得像石头一样沉重，即便是轻轻地侧翻也要用很大劲。身体几乎不听我的使唤，它和我好像完全分开了似的。但这样也好，这种既不痛又不容易动弹的感觉让我有充满安全感的快意。

不知不觉中，灵魂像脱离身体飘了起来，不动声色地融到了浓稠得像凝固了的黑夜中。和灵魂相比，我才知道，原来人的肉身真的是很粗重的。

借着黑夜的躯体，灵魂想去哪儿就去哪儿。回到过去，去到未来，或者，去到你的身边。

悄悄告诉你，我常常乘着黑夜跑到你身边。我在你身旁，凝看熟睡中的你，用身体包裹你，把你紧紧地搂在怀里。你像睡在母亲怀里的婴儿，微弱的鼾声均匀而细长，看上去又幸福又满足。但其实最幸福的，是这时正凝视着你的我。如果你这时候睁开眼睛，就会看见我陶醉的笑。

我轻轻地招来清风，让它温柔地拂扫你的脸庞，你是不是觉得更惬意了？我又招来细雨，把我的心里话化为淅淅沥沥的雨声滴进你的梦里。当你醒来的时候，我已经离去，轻轻地，不留下一丝痕迹。你是否也曾怀疑我来过？梦中无痕，我总是无法留下足迹。

也许，多年后，有一天你会忽然想起，我们常常相约在梦中，相拥在黑夜里。

其实等待我的，并不只是死神，还有你呢！

长路虽漫漫，但在无边的漆黑中，有你为我留一盏孤灯，心就暖了。

莎尔娃蒂

回信
依旧无

归来

琼波浪觉在回到藏地之前，又去了尼泊尔，去找莎尔娃蒂。

但在那时，尼泊尔人的平均寿命不到四十岁。没有任何一个女子，能禁得起他漫长的寻觅。更何况，莎尔娃蒂还遭遇了命难。关于那命难，都说是由那诛坛中的邪恶咒力导致的。对于这种说法，许多人深信不疑。

在以前他求学的那座小院里，琼波浪觉见到了库玛丽。以前，她曾为莎尔娃蒂提供那些咒士的诸多信息。现在，她也很老了。为了等琼波浪觉，她从班蒂那儿求到了“奶格玛长寿持明密法”，精进修习，不舍昼夜。以是因缘，她才住世百年。

库玛丽交给了琼波浪觉一些文书，说莎尔娃蒂已将她的所有财富换成了金子，存入一家柜坊。柜坊是专门替人寄存、保管财物的机构。凭着这些文书，琼波浪觉可以取走那些财富，作为他将来弘法的资粮。只需要付很少的一点佣金，柜坊还会帮他将财富运送到雪域，他们的马帮可以通往许多国家的商埠。

库玛丽交给琼波浪觉的，还有他以前写给莎尔娃蒂的信。此外，还有莎尔娃蒂的一些文字。

正是从这些文字中，他才知道，莎尔娃蒂承受了怎样的相思与疼痛。

后来，证悟后的琼波浪觉，请空行母将那些文字用空行语言保留下来，并嘱咐她们，请她们在千年之后，交给一位彻证空性、能洞悉空行文字的人。

见信如面

JIANXIN RUMIAN

游心太玄

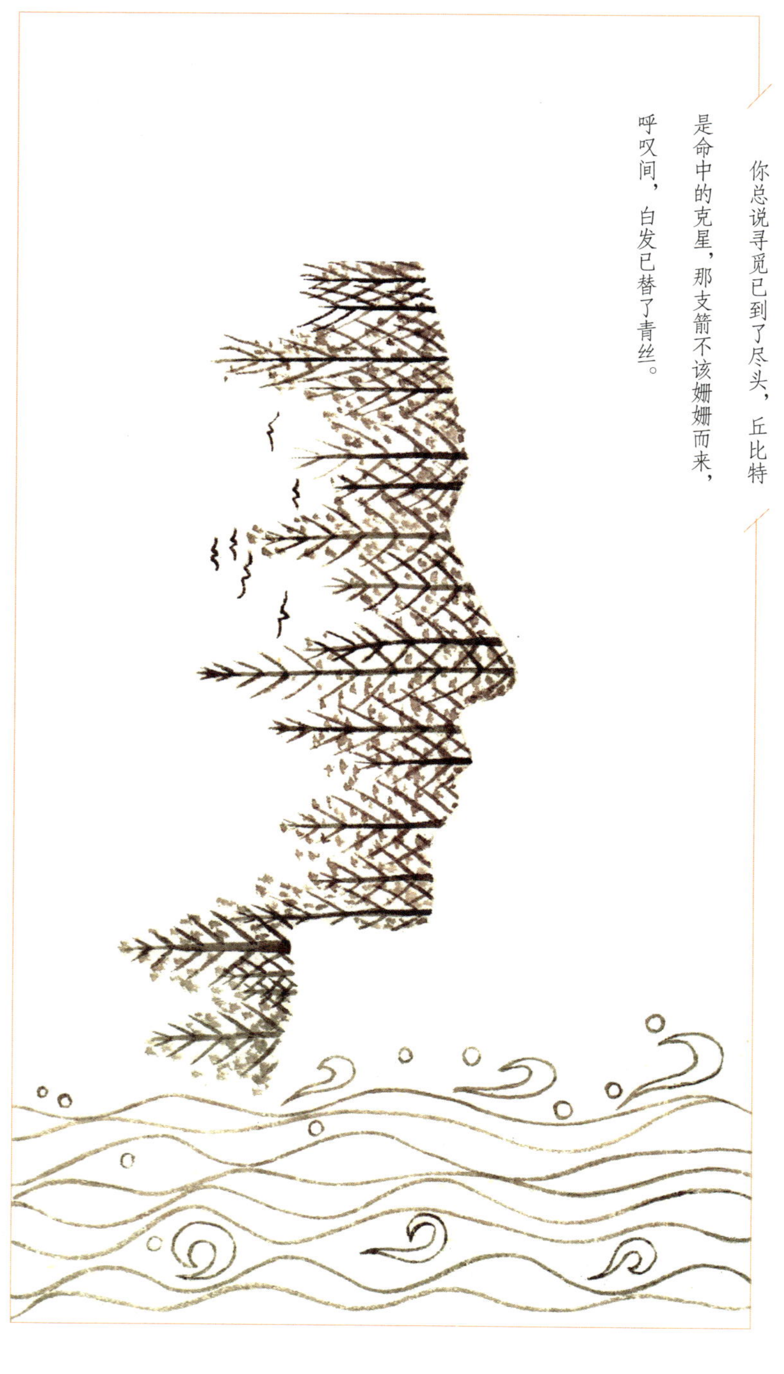

你总说寻觅已到了尽头，丘比特是命中的克星，那支箭不该姗姗而来，呼叹间，白发已替了青丝。

最后壹封

见信如面
JIANXIN RUMIAN

琼：

在恶魔撕扯的疼痛的间隙中，那让我柔肠寸断、心血汹涌的敲门声又一次响起了。

我虽然知道你不会来，但还是心跳不已。以前，每次听到你独特的敲门声，我总是激动，心像春风吹皱的池水，又像大海在汹涌，它能唤醒我沉睡的千年，唤来一个个瑰丽的日夜黄昏。琼，是昨日的你又捧着一杯上好的茶来请我品味么？是昨日的你拿着好书来翻给我欣赏么？还是你兴冲冲地来邀我去沐浴星光？

在身体许可的时候，一听那声音，我总是一跃而起，兴冲冲开门，再灰溜溜回来。

我的太阳，为什么走不出那些尘封的往事？是你太美，还是岁月太美？一路上月光都老了，但我对你的感觉却如此年轻，经得起时光的翻阅。

你却终于走了，走入你的梦里了。心酸依旧，小巷依旧，你这一去，谁再为我站在路口凝眸？你一走，谁再给我些许的呵护和自由？你一走，我们何时在春光中牵手，把我沧桑的目光，融入你如水的眼眸？

今夜的雪花依然飘个不停。但毕竟是三月的天气，一丝凉凉的气息中牵扯着一缕落寞而凄凉的相思。好想你！在这样幽静的晚上，我不经意地路过那间曾经春意盎然、现已风雨凄凄的小屋，竟一下子怔住了，一种恍若隔世的感觉涌上心头。若此时小院里无人，我定会哭泣的。我要让这间温馨的小屋永远不要忘记那段真实而美丽的红尘故事。

站在曾经相约的窗下，轻轻抚摸着朴素的窗棂，心底的感觉遥远而清晰。吾爱，今夜又落在何方？这里的望夫崖早已望不回跋涉的你，空留下一段美丽和凄凉！

吾爱，你可看到满天的星辰，闪耀着寒光，在我的心头跳跃着，远逝着，引来那飒飒驿动的季节。初春的月光告诉我：迟到了，迟到了，迟到的脚步，追逐着一个美丽的错……

吾爱，月色溶溶，你在困惑里游荡么？你也听见月儿的言语么？你可看到远在天涯的那颗明月般的心？它时时想抚平你紧锁的眉，它时时想拉住你远离的魂。谁说迟到了？谁说错过了？心与心之间没有距离。

雪下得紧，片片撞击着我千沧百孔的心。面对冷清的空间，我不知怎样少一些伤痛。

窗外的雪花依旧飘个不停，缠缠绵绵的，像我心底无穷无尽的相思。我渴望见到那个熟悉的身影，但眼前只是一片铺天盖地的雪花，遮断心与心的相逢。

我斜倚在墙角，接受寒风的拂凉。一只寒鸦掠过那一方被红墙切割的蓝天，悠然呈现在我的眼眸里，于是，那物是人非、恍若隔世的情感直向我袭来，我的泪水悄然滑落。

那赭红色的矮墙下，曾经有我伫立临风、眺望至爱的角落。风里雪里，我曾经一手遮着额头，一手扶着墙角，用一种平凡的姿态，站成了一线独特的风景，一直看到你洒脱可爱地从小巷的尽头迤逦而来……

一个人走在长长的梦里，咀嚼感叹，任凭褪色的往事拨弄肩头的白发。一样的天空，一样的风，憔悴的我茫然四顾，再也找不到回家的路。你的眉眼映在天边最显亮的地方，目光中写着我无法看懂的文字。也许，昨天多情的风和我做了场可爱的游戏，戏弄了我，戏弄了你，戏弄了那个粉红的夏季。

心茫然，脚步沉重得无法前行。我不知道怎样才可以解脱自己。一直期待你的守诺和归来，但风起云动，我仍在守候“一枕黄粱”后的寂寞。

心跌落了，如一片黄叶，在漫漫的大海中漂泊。岸上的渔歌在夕阳中响起，仿佛是一场梦。

四周的歌声，敲打着我空旷的脑海。二十多年的等待，终于冻僵我凄婉的心曲……

当我捡拾完人生中最后几片枫叶后，心灵终于放飞了那些曾经憔悴而甜美、愉快而沉重的相思。

远去了，别人对我的嘲讽……

那心底的冰块，也渐渐消融……

就这样，我们相视而笑，相拥怡然，无此无彼，融入对方的生命里。

笑声里，有歌声隐隐响起——

是千年的风霜侵入你的肌肤？
是百世的相思令你魂销神泣？
是大漠的风沙吹断你梦中的驼铃？
是过眼的烟云迷了你远行之路？

偌大个瀚海从此无一丝春色
沾衣的不再是带泪的笑
啸卷的沙尘
每每在梦中腾起

你总说寻觅已到了尽头
丘比特是命中的克星
那支箭不该姗姗而来
吁叹间
白发已替了青丝
谁叫你在天界贪玩呢
一流连
便迟到五百年

你总说冰冷的尸林没个温暖的怀抱

那个叫红尘的隧道定然是风雨凄凄
是怕寂寞你盈盈的笑吗
知否
真爱的生命没有尽头
爱是永恒的字幕

你老说下一世再来
圆你期盼了百世的梦
谁要成佛让他成去
你的正果叫虞姬
在霸王的乌骓马旁
问天下谁是英雄

英雄的名字又叫寂寞
江湖路长
更长的是英雄的情思
那张射雕的大弓
茫然千年了
漠风因之而起
沙卷乱石成十面埋伏

荒芜了
猎猎风中英雄路

霜风掠白了你的青丝
掠不老你的寻觅
点点梅花
夜夜射向天际
天涯路上无你的郎君
郎君是沧桑的雨雪
总是悄然而来
又悄然而去

莫非你因此而病
那轮月儿失色了
窥视的天狗定然在窃窃私语
还是入梦吧

梦中的你是消瘦的月儿
梦中的你是带泪的海棠
梦中的你是悲吟的古琴

梦中的你是啼血的杜鹃

这红尘
总不见衔羽的鹊儿
王母的簪子却舞个不停
轻轻一划
便有了传恨的飞星

昨夜里西风又起
一面血红的大旗
在残照里猎猎作响
黑马长啸
牵动边塞的烟雨
灵魂在西风里
声声呼唤——
归来吧，归来哟，
浪迹天涯的游子……

终

见信如面

JIANXIN RUMIAN

見信如面

JIANXIN RUMIAN